我是家乡的"书记员"。

梁晓声
2022年8月3日
北京

梁晓声说东北

人民文学出版社

图书在版编目（CIP）数据

梁晓声说东北/梁晓声著．—北京：人民文学出版社，2022
ISBN 978-7-02-017382-2

Ⅰ.①梁… Ⅱ.①梁… Ⅲ.①散文集—中国—当代 Ⅳ.①I267

中国版本图书馆CIP数据核字（2022）第147418号

责任编辑　付如初
责任印制　苏文强

出版发行　人民文学出版社
社　　址　北京市朝内大街166号
邮政编码　100705

印　　刷　三河市鑫金马印装有限公司
经　　销　全国新华书店等

字　　数　156千字
开　　本　880毫米×1230毫米　1/32
印　　张　8　插页2
印　　数　1—10000
版　　次　2022年9月北京第1版
印　　次　2022年9月第1次印刷

书　　号　978-7-02-017382-2
定　　价　42.00元

如有印装质量问题，请与本社图书销售中心调换。电话：010-65233595

目 录

第 一 辑

那头屹立在崖畔的鹿,披霞裹彩,宛如神异的灵物,美妙极了……

逐鹿　　　　　　　　　　　　　003
猎熊　　　　　　　　　　　　　028
狍的眼睛　　　　　　　　　　　040
孩子和雁　　　　　　　　　　　047
虎年随想　　　　　　　　　　　053

第 二 辑

确乎地，当年哈尔滨市的那一地带，

虽然属于城市的一个地带，但是却更像乡村。

小街啊小街	061
窗的话语	086
沉默的墙	092
鞋的话语	101

第 三 辑

我是知青的年月，曾伐过木。在深山老林中，在三角

帐篷里，在月隐星疏的夜晚，坐大铁炉旁……

我的梦想	109
我的少年时代	121
回首忆年	125
几个春节一段人生	128
初恋杂感	135
我和橘皮的往事	143
永久的悔	147
恰同学少年	151

第 四 辑

有所准备的人，必能从糟的活法重新过渡向另一种好的活法，避免被时代碾在它的轮下。

木匠哪里去了	177
玉顺嫂的股	186
黑帆	195
北大荒纪实	215
感激	237

第 一 辑

那头屹立在崖畔的鹿,披霞裹彩,宛如神异的灵物,美妙极了……

逐 鹿

三个骑者追逐一头鹿，从白雪皑皑的山坡追下，向这片连接大小兴安岭的森林追来。山头上空，一颗初悬的星瞪着惊奇的眼。

那是一头强壮的雄鹿，以它最快的速度奔驰着。这美丽的动物在逃窜中也不失其高傲，昂着权角如冠的头。它全身各个部位的肌腱随着奔驰中的每一次腾跃，在绣有梅花的短毛皮下紧张而和谐地运动着。它仿佛不是在逃窜，而是在竞技。只有它琉璃般的眼中充满了恐惧和由恐惧而产生的愤怒。它以动物本能的聪明，选择最短距离的角度，全力向森林冲刺。它似乎明白，只有逃入森林，才可能摆脱追逐。

逐鹿者们更明白这一点。老严头胯下那匹"白鼻梁"一马当先。这马是一匹被淘汰的军马，自从离开骑兵部队后，今天第一次得到尽情驰骋的机会。那鹿的顽强将这马在骑兵部队养成的好胜性情刺激到了顶点。翻飞的四蹄和扩张的鼻孔，显示出了这马近于狂暴程度的兴奋。而主人的不断催促，继续增强着它的兴奋。

俯身于鞍的老严头，鹰似的两眼盯着鹿。伤疤交错的瘦脸上，凝聚着一种既冷峭又可怕的自信。他的狐皮帽子早已在追逐中落地不顾，满头长而乱的白发向后飘扬，胸前的银须被风分为两缕。套鹿索拴在鞍上，绕成几匝握在手中。当那鹿又腾空跃起，颈子后倾的瞬间，他很有把握地一扬臂，唰地甩出了套鹿索。几乎同一瞬间，李豁唇那匹几乎和他并辔的青骟马，突然冲撞了他的"白鼻梁"一下。"白鼻梁"猝然转向，将他闪下鞍来。套鹿索贴着鹿脖子从鹿身上滑过，飘悠悠地落在雪地上。

鹿，转眼消失在森林内。

老严头没有立刻爬起，沮丧地朝森林望着。

被李豁唇用力勒住的青骟马，绕着老严头兜圈子，踢踏的马蹄将雪粉溅到他身上和脸上。

老严头猛地跳起，用收回的套鹿索朝李豁唇抽去。李豁唇赶紧促马躲开，嘿嘿讪笑两声："老严头，你别抽我呀，是我的马……"

第三匹马这时也追到了，骑者是个二十四五岁的女人。她的马显然太弱，已不是在逐鹿，仅仅是尾随着两个男人不被甩得太远罢了。那马，口边冰结了一圈白沫，四腿颤颤发抖，再跑一会儿定要倒下的样子。一站住，就贪婪地啃雪。女人的脸色异常苍白，身子摇晃了一下，险些从马上栽下来。两个男人却都没有注意到这一点，一个端坐在马上，一个僵立在雪中，久久地望着森林，仿佛期待那头鹿会再蹿出来似的。

大而圆的月亮将清冷的光辉遍洒下来，融为一种怡淡的蓝光，笼罩着山林。女人缓缓抬起头,注视着雪地上的鹿踪,自言自语:"完了,追不到它了……"老严头转脸看着她,宽慰道:"放心,它逃不掉!"李豁唇立刻接言:"就是,它逃不掉!"女人忽然伏在鞍上哭起来。李豁唇不再理会那女人,一抖缰绳,策马奔向森林。老严头走近女人,大声说:"莫哭!哭得人心烦!……"女人仍哭。老严头有点火了,吼道:"再哭,我把你撒这儿!"女人终于抬起头,望着他,低语说:"大爷,我……觉着不好……"月光下,她的脸色更加苍白,眼中闪亮着泪泽。

老严头那张老而丑的脸抽动了一下,他猛想到,这女人怀着三个月的身孕。他睖睁片刻,一声不响地牵住了女人的马缰,又牵住自己的"白鼻梁",慢慢朝森林走去,一边走一边嘟哝:"你个痴女子哟,是鹿重要还是你的身子重要哇?我老严头出马追,就是神鹿也逃不掉,你还信不过我……"

女人什么都不说,软绵绵地伏在鞍上,呻吟着。

他们进入森林,不见李豁唇的踪影,便大声喊起来。天已全黑了。月辉透照之处,将林中的雪地晃得这一片那一片白惨惨的,依稀可辨鹿蹄印和李豁唇的马蹄印东隐西现。

他又可着嗓子大呼大喊李豁唇……

鹿场退了休的老养鹿工严青山,是鹿场的"祖宗"。三十年前,他是这一带方圆数百里内顶出色的猎手,姓名响亮得落地有声。他相貌英武,性格豪爽,为人侠肝义胆。有个猎手马二嘎,对他很不服气,要和他比枪法,决高低。他命令心爱的猎犬衔住自己的皮帽奔跑，他策马追逐，举枪击发。连发三枪，子弹将皮帽穿了三个洞。马二嘎看得目瞪口呆。因为当地的猎人们都深信不疑，谁用猎枪打死了自己或别人的猎犬，谁枪膛里射出的子弹就永远打不死野兽了，早晚会葬身兽腹。但马二嘎仍不服气，要和他一块儿进入深山老林去猎熊，以试胆魄。嫉妒使马二嘎产生了歹心，趁夜宿之机，退出他枪膛中的子弹，换了一颗空弹壳。第二天清晨，两人果真遭遇了一头巨熊。马二嘎抢先射击，却并未击中巨熊的要害。巨熊带伤扑过来，一掌打飞了马二嘎的猎枪，又一掌将马二嘎打得昏死在地……等他苏醒后，发现巨熊倒在离他不远处，心窝插着一把猎刀，只露刀柄。浑身血迹的严青山呆呆地僵立在巨熊旁，呼哧呼哧喘息不止……

从此以后，他们成了一对拆不散的猎伴。有一次两人对饮，马二嘎酒醉心不醉，羞愧地将自己做的那件坑害严青山的事说了。

严青山却哈哈笑道："胡说！肯定是我自己上子弹时太粗心，你马二嘎怎么会是那种人！"

比严青山大三岁的马二嘎，从此对他亲如手足，敬如长兄。

不久，地委书记寻找到这两位猎手，对他们说："政府要求你们，不，是请求你们，捉几头活鹿，要有公有母，在这一带办养鹿场。有用处！"

他们对地委书记下了保证，要为政府办养鹿场立功。他们设套子，挖陷阱，骑马追。逐鹿，那是一种多么原始而又多么令他们感到过瘾的方式啊！一人骑三匹连缰快马，一旦发现了鹿的踪影，便穷追不舍。一匹马跑乏了，就从这个鞍子腾身飞跨到另一个鞍子。怕将鹿活活追死了，不得不追追停停，经常几天几夜，身不离鞍。鹿被追急了，会像人似的跳崖或撞树自亡的。

一个冬季，他们追捕了八对鹿。鹿场，就是从这八对鹿，一年年发展到几十头，几百头，到如今的近千头。政府为了表彰他们的功劳，将他们的姓名和照片登上了省报。第二年国庆前夕，还送他们进了北京，给予他们站在观礼台上的至高荣誉。谁敢不承认，他严青山不是鹿场的祖宗！？

他们从北京回到当地，地委书记又找他们谈话，要求他们放弃狩猎生涯，做鹿场的第一代养鹿工，并任命他们为正副场长。他们不愿当"官"，他们是大森林的精灵，大森林才真正是他们的世界。只有那种风餐露宿、虎啸熊吼的生活，才是他们所习惯所热爱的生活。他们迷恋大森林，远胜过某些多情的男人迷恋俊美的女人。他们认为，养鹿，那纯属女人们干的差事，以为地委书记在跟他们开玩笑。

可地委书记郑重地对他们说，绝不是开玩笑，让他们当这种"官"，也是政府对他们的"请求"，因为他们是很熟悉鹿的生活习性的。

他们这两个刚刚获得了政府给予的至高荣誉的猎手，面对一位地委书记代表政府向他们提出的诚恳请求，默默相视，无话可答。

像任何一桩事业的开创时期一样，鹿场的开创时期，也是含辛茹苦、历经挫折的。八对鹿每天要吃要喝，发情的公鹿闹圈，怀胎的母鹿下崽,春季割草,秋季防病……他们原认为是女人干的差事,将他们两个堂堂男子汉操劳得心力交瘁。从省城给他们分配来了两名农学院畜牧系毕业的大学生,一男一女。他们不但要饲养鹿,还需处处在生活上照顾好两名大学生。稍有不周,人家不发脾气,定发牢骚。两名大学生每每诅天咒地,觉得念了几年大学,居然被分配到这袤原荒野来养鹿,大材小用,是一辈子的委屈。他们自然是很理解很同情这两名大学生的,颇能宽厚地担待大学生的牢骚或脾气。不久,母鹿受孕季节,女大学生的身子也显出了将做母亲的迹象。他们只好主动将一对娇贵的人儿打发回省城去。自此泥牛入海,有去无归……

他们常常默然对坐,一个擦拭猎枪,一个抚摸猎犬,大森林向他们召唤着,而鹿场如一条绳索,牢牢拴住了他们。

一个冬夜,他们被一片狼嗥声惊醒。爬起来,将结霜的小窗呵个洞,朝外一望,鹿圈四周,点点绿光奔来窜去。是狼。不是一只,两只,也不是十几只,是二十多只的一群。狼群包围了鹿圈!他们知道,这群狼绝不是火光所能驱逐的。他们推开小窗,枪筒探出窗外,你一枪,我一枪,弹无虚发地射杀着。这种射杀,又使他们体验到了许久未体验的兴奋和刺激。他们大呼小叫,兴奋情绪彼此濡染。狡猾的头狼,躲在鹿圈一侧,它一声接一声朝天发出凄厉的长嗥。不一会儿,荒野的四面八方又出现了一对对绿荧荧的狼眼。为数更多的狼朝这里会集。而他们的子弹却打光了,重新聚成的狼群,肆无忌惮地扑向鹿圈。有的啃断了圈栅,已将半个身子钻进鹿圈。有的像搭人梯似的，企图从同类的背上跃入鹿圈。他们对望了片刻，一个默默地操起一把斧头，一个阴沉地握起一柄镰刀。他们发一声喊，突然冲出小屋，迅速跳入了鹿圈。他们要和鹿们同生共死。鹿，一头挨靠着一头，顾首不顾尾，在圈中间挤成一堆。母鹿本能地用躯体掩护着出生不久的幼鹿。他们两个人，保护着挤成一堆的鹿，同进入鹿圈的狼展开了搏斗。一只只狼，在斧和镰的劈砍下倒毙。但更多的狼，却一只接一只地从各处进入了鹿圈。他刚砍倒一只扑向身来的狼，猛听得马二嘎拼命喊叫："青山救我！"他急转身，见鹿圈一角，三只狼同时将马二嘎扑倒在地。他正欲去救，双腿被两只狼咬住了……

附近的村民，听到先前那阵枪声，持着火把，带着武器，纷纷赶来，驱散了狼群。鹿被咬死两头，咬伤三头。

马二嘎血肉模糊地倒在地上，脖子几乎被咬断，却仍保持着一种与狼搏斗的姿势，两眼瞪得将要眦裂，早已咽气了……

第二天，地委书记闻讯亲自赶来，难过得说不出话，握住他的双手流泪不止。

按照他的要求，马二嘎的尸体埋在他的小屋旁。从那一天起，他再也没有进入过大森林，再也没有握起过猎枪。作为猎人，他与马二嘎多年来已是不可分割的"合二为一"。马二嘎的死，使他内心产生了无法转移的孤独感和无法消除的空虚。他觉得，作为猎人严青山的他，也随着马二嘎一块儿死了。他的狩猎经验，他对狩猎生涯的迷恋，他对大森林的向往，猎人所具有的那种智谋和勇敢，仿佛都和马二嘎同时埋葬了。从那一天起，他不再是猎人。

也是从那一天起，英武的猎人严青山，变成了一个面目丑陋、沉默寡言的养鹿工。狼爪子毁坏了他那张被不少女人爱慕过的脸，从前的严青山一去不复返了。女人们都对他避而远之了。他那张过分可怕的脸，常吓得她们发出尖叫，逃之夭夭。他的心被一种羞愧包裹着，再也不愿接近任何一个女人……

三十多年来，他把鹿场当成家，把一个人全部的属于感情范畴的思维，寄托在每一头鹿身上。渐渐地，在他心目中，鹿不再是动物，而是人。他给一些鹿起了名字。起的尽是女人的名字：秀花、彩娟、二凤、小玫……他由森林大帝，变成了鹿群的首领。有知识青年们在时，他最喜欢吸着一支卷烟，抚摸着驯服地卧在身边的"秀花"或"二凤"，听那些女知青们唱："我爱鹿场哎，我爱鹿；鹿场就是我的家，我的家……"于是他那张可怕的丑脸上就会洋溢出一种光彩。

他是全鹿场养鹿工中工资最高的一个，每月六十多元。三十多年来，他光棍一条，却没积攒下一分钱。钱，都花在鹿身上了。病弱幼小的鹿，哪一头没喝过他掏自己腰包买的奶粉？有几年奶粉不易买到，他四处托人，想方设法到外地买，一买便是十袋二十袋，还少不得搭上些人情。

他年年都受表彰，年年都被评为"先进""模范"，年年都得奖状。即使鹿场得不到奖状，鹿场的严青山也必得奖状。他对这种荣誉很淡漠。领了，收起来；多了，糊炕面。奖状纸糊炕面，又光滑又结实。他简直可以说是一个三十多年来躺在荣誉上睡觉的人。

某一年，省委的领导，陪同外宾专机来到这里参观鹿场。他为外宾进行了一次驯鹿表演，那场面是很精彩的。鹿群以他的锣号为信，或进或退，或卧或起，或跃沟或涉水，或四散或集中，无不听从命令，服从指挥。那一天，鹿们很为他争光，纪律严明像预先操练过的士兵。外宾们看得鼓掌不息，纷纷跷大拇指。那天深夜，他喝了几盅酒，坐在小屋的门槛儿上，望着鹿圈，自己哼唱起了"我爱鹿场哎，我爱鹿……"他觉得编歌的人，是专为他严青山编的这支歌。青年们走光了，没有谁再为他唱这支歌了，他常自己唱给自己听。就会唱开头那两句，反反复复，百唱不厌。

谁敢不承认他严青山爱鹿场？爱鹿？

今年秋季，鹿场将近千头鹿承包给了职工们饲养。鹿分圈时，他堵住圈门，不许人们入圈。他喝了半瓶酒，哪个想入圈分鹿，他挥拳揍哪个。鹿场场长对他说："严青山，你是一向受人尊敬的老职工，你应该明白，承包养鹿，对鹿场的发展是有益处的啊！是全体职工的意愿嘛……"话没说完，被他啐了满脸唾沫。场长拿他没办法，怏怏离去。几个小伙子却不买"元勋"和"功臣"的账，在青年养鹿工郭俊义的鼓动下，一哄而上，七手八脚，将"鹿场的祖宗"结结实实地捆在了鹿圈门的木桩上。"祖宗"不是那么轻易便可以被捆住的，何况是在酒醉之后。捆绑过程中，老严头一拳打在郭俊义鼻梁上，血流满面。青年养鹿工火了，扇了"祖宗"两耳光。他骂不绝口，青年养鹿工摘下自己的帽子塞进他嘴里。众人这才得以进入鹿圈，将鹿赶出，分了群，引向四面八方……

场长得知，一路跑来，亲自给"祖宗"松了绑。他如被一伙强盗打家劫舍了似的，一屁股跌坐尘埃，神呆呆目滞滞，望着几座空城似的鹿圈，兀自簌簌淌泪。场长围着他团团转，求"祖宗"息怒，宽恕小伙子们的冒犯。他不理不睬，许久才发出号啕大哭，直哭得天昏地暗，哭得鹿场的男女老少心慌意乱。"祖宗"哭乏了，仍坐在尘埃，一动不动，像入定的禅师。有人就将好吃好喝敬放在"祖宗"面前，似上供一般，以为"祖宗"气消了，想开了，吃喝一顿，一场风波，定会化为乌有。"祖宗"却是无论如何也想不开。他虽在今年退休了，仍把鹿场当成自己的家。但是一日之间，鹿场不成其为鹿场了。近千头鹿，统统承包到各家各户去了。他的"世界"被瓜分了！

他无法宽恕那些承包了鹿的人们啊！

他更无法宽恕那几个把他绑在鹿圈门木桩上的小伙子！

他尤其愤恨的是打了他两记耳光的郭俊义。有生以来，就没人胆敢打过他严青山的耳光！

他感到受了极惨重的伤害，受了奇耻大辱。这是令他千年垂恨的一天！

在那一天里，他是将鹿场所有的承包户，都视为自己耿耿于怀的仇人了！

有人在那天深夜还瞅见他坐在鹿圈门外。他究竟何时离开的，谁也不知道。第二天，人们发现昨晚敬放在他面前的好吃好喝，全叫猫狗享用了。他却不知去向。

鹿场的"祖宗",就这样凄凉地离开了鹿场。没向每一个人告别,他在这一带的旧交极多,到任何地方,都会有吃有住。人们对他的"失踪",也就不太以为然。只有鹿场场长深感不安,四处拨电话,通知各个单位,如鹿场的"祖宗"前往,望给予种种优待,一切开销,全由鹿场结算。"祖宗"成了"难民",对鹿场的人们不是什么光彩事啊!所以,两个月间,浪迹四方的严青山,其实并没受半点委屈,反而巡差大人似的,处处受到礼遇。就是在他那些老交情家,受到的款待也比以往都高贵。一日三餐,好酒好菜。他前脚离开,人家后脚就持着"清单"送到鹿场场部。不但实报实销,还听着"承蒙照顾"一类的感谢话。他后来终于知道了"内幕",自然免不了感叹人情淡薄,咒骂老相交们"见钱眼开"。但心中却也受了触动:鹿场并未一脚踢开他严青山不管啊!鹿尽管是分了,但人们心中,毕竟至今还保留着他这位"祖宗"的特殊位置啊!

鹿场场长估计他胸中那口怨恨之气消除得差不多的时候,亲自找到"祖宗"的隐居之处,替那几个冒犯了他的小伙子们领罪,也恭请"祖宗"移驾回场。他板起那张可怕的脸冷冷地说:"鹿场只要有他郭俊义在,就没有我严青山在!我和他小子势不两立!"

他虽说出这话,却并不打算坚决实行。既然鹿场的人们心中还惦挂着他,他严青山也就还把鹿场当成家,视鹿场的人们为"家人"。对"家人",是不应该耿耿于怀的。他严青山并非小肚鸡肠的人。他最终还是要回到鹿场这个"家"去的。死了,还需鹿场的"家人"们将他埋在好友马二嘎坟旁。

他自寻了种种借口，三天两头回鹿场看看。人们见了他，仍如从前那么亲热。对他的态度，也仍如从前那么充满尊敬。主动向他求教养鹿的经验的人，不比从前少，而比从前多了，这使他获得了大大的安慰。他看得出，每个人都变得像他严青山一样爱鹿了。连几个从前一贯玩忽职守的养鹿工，对自家承包饲养的鹿，也照料得非常精心了。鹿虽然分了群，但一见他，便都很亲昵地围拢来。用湿润的嘴触他的手，或用角摩擦他的衣服。它们仿佛在告诉他，它们都活得美好极了，惬意极了，对从前那种"大集体"式的生活，分明都有点"乐不思蜀"了。它们是更强壮了，毛色更有光泽了，性情更活泼了。

那几个冒犯了他的小伙子，始终不敢和他照面，更不敢主动接近他。郭俊义一听说他回鹿场，便躲起来。这年轻人对他怀着千般悔恨，万种羞惭，总想找个时机当面向他赔礼道歉，总是由于对他的畏惧，错过了种种时机。

今天，郭俊义听说他回鹿场了，便又不知躲到何处去了，只剩他媳妇秋梅一个人在修圈。郭俊义小两口挺有朝前看的眼光和年轻人的气魄，从别的鹿场买回一头种鹿。卖主恰在今天雇了辆卡车按合同将鹿远途运到。谁知打开笼门，放它入圈时，这鹿一头撞伤了卖主，飞奔而逃。老严头正远远望着，见此情形，寻了条套鹿索，跨上他那匹"白鼻梁"便猛追急逐。追逐出二里多地，秋梅和李豁唇才从后赶来……

追了大半日，追到此地，却眼睁睁让鹿逃入了森林。他心中不禁暗恨李豁唇。

秋梅仍不停地呻吟。他听了心里难受,再次大声呼喊李豁唇。

一会儿,李豁唇牵着马从黑黝黝的密林中走出。他的马被枯树绊倒了一次,马的一条后腿扭瘸了。他满肚子不高兴地对老严头说:"你扯着嗓门像哭丧似的喊我干什么?各人分头追嘛!"

李豁唇是个唯利是图的人,甚至可以说是个专发"不义之财"的人。无利可图,即使别人家火上房,他也会袖手旁观。他虽然其貌不扬,年轻那阵子,却地地道道是个拈花惹草的好色之徒。秋梅当姑娘的时候,他为她害过单相思,一有机会便嬉皮笑脸纠缠她。有次他藏在树丛后,偷看秋梅在小河中洗澡,被秋梅爹发现,用鞭子狠狠教训了一顿。其中一鞭子抽在他唇上,从此抽掉了他的名字,使他获得了一个不雅的绰号,留下一个不光彩的标记。娶了老婆后,在床头夜叉的调教下,近年才变得似乎规矩起来,颇有点"重新做人"的意思。但在唯利是图方面,因从未被什么人的鞭子教训过,也就从未有过半点忏悔,"财义"二字冲突时,他仍是个舍义要财的人。

他上马前,向秋梅郑重声明,他不能白帮着追鹿,追到了,秋梅是应该给他报酬的。

他一路与秋梅讨价还价。三百元他嫌少,要拨马回头。四百元他还嫌少,还要拨马回头。秋梅追鹿心急,吐数五百元,他仍嫌少,秋梅明知他狮子大张口,要不怎么办?干脆拒绝他相帮着追吧,自己一个女人,能追到那头鹿吗?九千多元啊,追不到,今后如何还得起卖主钱?那是要倾家荡产的呀!老严头虽已追在前,但她内心很怀疑这个扬言和自己丈夫"势不两立"的倔老头的动机。两个帮她追鹿的男人，一个动机明确——为钱。另一个目的难测，在这么一种情况下，她宁愿将希望寄托在前者身上。明确的总比难测的使人放心些，这是大多数女人们的思维方法。

李豁唇在与秋梅的讨价还价之中，体验着一种特殊的快感。这种快感的内涵是诸方面心理因素的综合：意识到自己此时此刻重要的存在价值而产生的得意；甘愿被"钱的规律"所支配，同时用"钱的规律"支配别人的仿佛一个强者的自信；因当年挨受的那一顿鞭子而实行了报复的满足。这诸种心理因素造成的特殊快感，使他的每一根神经都呈现着亢奋状态。在他的步步紧逼下，秋梅不得不将预先许诺的报酬由五百增加到五百五，增加到六百、六百五。

"六百五就六百五！一言为定！要不是熟人熟面的，六百五，我才不呢！谁知会不会追到天涯海角？"他终于很有人情味地说出这样一番话。在这整个讨价还价的过程中，还说了许多轻佻挑逗的言语，秋梅却只有红了脸忍气吞声的份儿。

而这些，一路始终追在前面的老严头，是无从知道的……老严头等李豁唇走到跟前，低声说："今晚别寻那鹿了，你看她！"李豁唇从兜里掏出半盒烟，吸着一支后，靠着马鞍，瞅着老严头，油嘴滑腔地说："她是别人的媳妇，我看她干啥？当年我早看个够了！"老严头火了，骂道："放你妈的狗屁！她怀着三个月的身孕，她现在觉着不好了……"李豁唇停止吸烟，转脸朝秋梅望去。幽暗之中，只能见到她的身影瘫软地伏在鞍上。一声微弱而可怜的呻吟，使两个男人的心都不禁同时为之一颤。

再卑下的男人，只要还算个男人，这种时候，心灵总会有未泯的天良和善心。李豁唇固然可鄙，但毕竟不是魔鬼。何况秋梅是他曾痴迷过的女人。

他扔掉刚吸了两口的烟，走到秋梅马前，轻轻推她一下，怀着种倏忽间产生的真实的恻隐和柔情问："秋梅，你……"他觉得触了一手黏湿的东西。他愣了一下，立刻蹲下去，抓起一把雪。手中的雪变了颜色。"血！……"他惊叫起来，"血？……我的天，这女人哟，怎么不早开口哇！……"老严头听到一个"血"字，六神无主起来，一边嘟哝，一边走过去，欲将年轻的女人从马上抱下。"你别动她！"李豁唇拦住了老严头。老严头迷惑地望着他。他训斥道："女人方面的事你不懂！你抱下她往哪儿放？放在雪窝吗？"老严头怔了一会儿，猛想起地说："要是我没记错，这片林中，该有一幢小木屋，当年我和马二嘎……""得了！别提当年了！"李豁唇粗声粗气打断他的话，催促道，"那你就赶快带咱们去！"

老严头自认对女人方面的事不如李豁唇懂，虽受到对方的训斥，也并未生气。他向对方伸出只手，带点请求的意思说："先给我支烟吸吧！"他毕竟老了，比不得正当壮年的李豁唇那么精力充足。他浑身的骨头要散架了。

李豁唇慢腾腾地掏出烟盒，捏了捏，就剩几支了，不太情愿地抽出一支，递给他。

老严头吸了两口烟，愈加感到四肢瘫软，精力松懈，几乎想躺倒在地，卧雪而眠才好。一股凛冽冽、冷飕飕的寒风，使他打了一个寒战。内衣、棉衣都被汗浸透了，冰凉地贴在身上，他不由暗想，今夜若是找不到那幢小木屋，他们三个人，是有可能被一块儿冻死的！他意识到了处境的严峻。

秋梅断断续续地呻吟着。他再看了她一眼，将烟掐灭，装进衣兜，果断地说："咱们走！"

三个逐鹿者，向密林深处走去。老严头牵着两匹马前边带路。李豁唇牵着秋梅那匹马，留意避开树，谨谨慎慎地跟在后边。森林黑暗的巨口，片刻将他们吞掉了。

他们走了很久，森林越来越密。走到了一片树木稀疏的地带，老严头终于站住。李豁唇急切地问："到地方了吗？小木屋在哪儿啊？"老严头一声不响，从兜里摸出那半截烟，往嘴上插。李豁唇赶紧掏出火柴，替他点着。火柴燃烧的时刻，他看出老严头脸上的神色有些不对。老严头吸着烟，缓缓蹲下身去。烟头的红光，在黑暗中抖抖地一闪一闪，闪了两次，掉在雪地，灭了。李豁唇又大声问："你哑巴了？倒是说话呀！"老严头用勉强能让他听到的声音嘟哝："走了这么半天，照理是该到地方了……可我，也记不太清在哪儿了……"

"你！……你这不是存心坑害人吗？！……"李豁唇嚷叫起来。他转身望望，四面都是黑黝黝的森林，隐隐的树身像绰绰的鬼影。这会儿，想走出森林都不可能了。他感到异常恐怖，狠狠踢了老严头一脚。

老严头挨了一脚,也不吭声,也不站起。

秋梅呜呜哭了。她不相信老严头真记不清那幢小木屋在哪儿了。她认为这是老严头居心叵测的狡猾。此刻的老严头,在她看来,那么阴险,那么歹毒,那么可怕。

李豁唇一把揪住老严头的衣领,将他扯起来,凑近他的脸,咬牙切齿地说:"老严头,你要是不把咱们领到那幢小木屋,我就弄死你!叫你的尸首喂狼!"

老严头冷冷地说:"你弄死我,你更找不到那幢小木屋了!"

李豁唇慢慢松开了手。他退后一步,盯着老严头瘦高的黑影,果真能看透对方的心或善或恶似的。他不由得暗想,严青山,严青山,我李豁唇可没跟你积下什么怨仇啊!你要报复郭俊义,也不该报复到人家媳妇头上啊!更不该把我李豁唇也拐带上啊!天地良心呀!你这么报复也太阴损了吧!他忽而又恨起自己来,他若不是故意用自己的马撞了老严头的马一下,那头鹿早被老严头套住了,他们怎会深入到这大森林之中?恨罢自己,又可怜起秋梅来,鹿跑了,肚里三个月的娃糟蹋了,她自己也凶多吉少,这不但意味着倾家荡产,还可能是家破人亡啊!唉,唉!可怜的女人哟!

他盯着老严头呆呆站立了一会儿,忽然双膝跪在雪地上,说:"严大爷,您老要是能把我们带到那个小木屋,我们一辈子都忘不了您的大恩大德……"

秋梅吃力地撑起身子,也说:"严大爷,您千万别跟俊义一般见识啊!我这条命,可全系在您身上了!您快把我们带到那个去处吧……我和俊义……给您养老送终……"

老严头从他们的话中听出,他们分明是把他往坏处想了。他的心因此受到了严重的刺伤。两记耳光,就至于使他严青山产生害人之心吗?那还算个人吗?他心里一阵委屈,觉得受了难以容忍的侮辱。比被绑在鹿圈门木桩上,破帽子塞堵口中更加难以容忍。他被激怒了。他真想破口大骂他们一顿,然后牵马离去。但他看了一眼秋梅,不忍心骂,更不忍心撇下他们离去。

他发泄地对李豁唇大吼一声:"你别装这种熊样子,给老子滚起来!你守护着她,你们不许动地方,我自己去找,找到了就来接你们!"老严头说罢,大步朝前方走去。李豁唇睃睁着,想叫住他时,他瘦高的身影已不见了。

李豁唇茫然地望着老严头身影消失处,半天没动一动。他觉得老严头仿佛是走到另一个世界去了,今夜绝不会再出现了。他感到这大森林的黑暗愈加恐怖,仿佛马二嘎的阴魂即将显现出来,恐吓他和秋梅这两个"瓜分"了鹿场的人。

"他……走了吗?……"黑暗中,秋梅微弱的声音低问。

"走了……"李豁唇机械地回答。

"他……还能回来吗?……"

"不……知道……"

"哇!……"头顶上,一只猫头鹰突然发出一声怪叫。

李豁唇身子抖了一下,全身汗毛根根竖立。他见树上一双荧荧绿眼俯视着他,似乎在幸灾乐祸地狞笑。

"秋梅别怕,别怕,有我在呢……"他嘴上这么说着,脚步虚怯地移向秋梅,与其说预备保护她,莫如说是为了给自己壮胆才向这自顾不及的女人靠拢。他曾听说,孕妇具有辟邪驱鬼的法力。

他忽而又认为今天落到这种地步,是命中的劫数,是天意安排,是他与秋梅的缘分。

"秋梅,你告诉我,你当年,不喜欢我哪一点啊?"他自作多情地问,觉得此刻若不问个明白,成了鬼也是桩遗憾。

"李大哥,我落到这种地步,你……还忍心欺负我吗?"秋梅用这话回答他后,又呜呜哭了。

一声"李大哥",令李豁唇受宠若惊。她从没叫过他"李大哥"啊,今天叫了,他觉得陪她冻死也值了。此时此刻,他那颗习惯于拜金的心,不知为什么,居然少了许多铜臭味儿,多了几成人情味儿。而她末了那句话,她的哭声,将他从他自己幻思的情境之中一下子拽回到并不美妙的现实之中来了。他内心顿时萌发了一种自认为是既伟大且崇高的人道主义精神和义不容辞的责任感。就冲着"李大哥"三个字,我也要心甘情愿地为她赴汤蹈火,拯救她脱离目前的绝境。他对她说:"你别哭呀,我不是欺负你,是想找话跟你聊聊。你什么都别怕,有你李大哥在,保你鹿也能追到,人也会平安归家!"说下这番大话后,想到白天自己曾如何跟她讨价还价的,脸上发烧起来。幸而林中黑暗,她也伏着身子,不会发现他的脸是多么红。

他将皮衣脱下,披在她身上。自己为了抵御寒冷,不被冻僵,绕她的马兜着圈子不停地跑,焦急地巴望老严头突然出现,带他和她到一个温暖的去处……

老严头,这会儿仍凭着保留在他头脑中的残碎的记忆寻找那幢小木屋。它就在这片林子里,这是肯定没错的。因为它是当年他和好友马二嘎一块儿盖的,盖在一条小河旁。可是,那条记忆中的小河呢?它为什么不存在了呢?找不到那幢小木屋,秋梅失血的身子能熬过这寒冷的一夜吗?他恼恨自己。他口干舌燥,胸膛内焦急得像有团火。他踩着没膝的深雪,不停地走啊,找啊,终于一步也迈不动了,绝望地倒在雪地上,将脸扎在雪中,像个孩子似的。呜呜地哭了。唉,唉!人一老了,竟这般不中用了!他觉得,的确是他严青山坑害了秋梅和李豁唇,因为是他将他们引入这密林之中的。他觉得对不起他们。而他们,又会怎样猜度他呢?他严青山清清白白地活了一辈子,临死真要落个害人不成反害己的恶名吗?……

他突然不哭了,他插入雪中的双手,触到了一层平滑、坚硬的东西。冰?!他那张深深埋入雪中的脸,慢慢地仰了起来。他略迟疑了一下,双手开始扒厚厚的雪被——是冰!果然是冰!是结冰的河面!原来他正趴在他记忆中那条小河上!他一下子跃了起来,辨别了一下周围的环境,疯狂地向他记忆中那幢小木屋所在处奔去,一边奔跑,一边情不自禁地喊叫:"找到啦!找到啦!哈哈,找到啦!……"他那张老而丑的脸上,由于兴奋,由于喜悦,呈现出一种怪异的笑容。

那幢小木屋,显然经过别的猎人们的几番修缮后,当作一处林中"根据地",依旧门窗严坚,外观牢固。三个逐鹿者进入屋内,仿佛一步跨入了春季。李豁唇划着一根火柴，发现有盏油灯放在木壁凹处，喜出望外地点亮了它。还有火炕！他摸了一下炕面，竟是温热的！他弯腰朝炕洞里看了一眼，火种未熄，分明有人离开不久。

老严头和他将秋梅扶上炕，安顿她躺下后，又往炕洞里塞了两块劈柴，便找个舒服的墙角靠着坐下了。

李豁唇点着一支烟，坐在炕沿儿上，一边吸，一边好奇地四处打量：桦木桌子，柞木凳子，墙上挂着各种闯林人可能会用得到的工具，桌上摆着盛油盐酱醋的瓶瓶罐罐。他从内心深处感激起老严头来。他又掏出烟盒，捏了捏，只有三支了。他抽出一支夹在耳朵上，剩下的两支，连盒扔向老严头。

老严头从地上拾起烟盒，却没吸，揣进兜了。他撑着墙站起，挪动着疲乏的步子，走到小外间去了。一会儿，他探进头，对李豁唇招了下手。

李豁唇走到小外间，老严头说："算咱们有福气，人家还给咱们留下一碗小米呢，咱们熬点稀粥喝吧！"李豁唇这一喜非同小可。他早已饿得肚皮贴背了。但两个男人并没有立刻就熬粥，他们又嘀咕了一阵，李豁唇将老严头推入了里间屋。老严头迟疑地在门口站立片刻，轻轻走到炕前，见秋梅闭目微睡，便用手碰了碰她。她睁开眼，感激地望着他。老严头讷讷地说："秋梅，论年纪，我比你父亲还大几岁，要是我讲了不该讲的话，你可别生我的气……"秋梅说："大爷，有话你只管讲吧！"这会儿，在她看来，他是世界上最可亲最可信赖的人。"那……我和他给你烧盆热水，给你泡泡脚……你……把下身衣服脱了,我俩给你刷洗刷洗,今晚烘干,明天才好穿啊!……"秋梅的脸倏地红了,她扭过头去,没吱声。老严头又说:"孩子,这会儿就别顾羞了,啊?顾惜你的身子要紧啊!……"年轻女人的眼角慢慢涌出泪来……起风了。大森林的四面八方,传来西北风尖厉的呼啸,鬼哭狼嚎一般,听上去令人毛骨悚然。老严头熬好了粥,扶着秋梅靠在自己怀中,缓慢地转着碗,首先让秋梅喝了两碗。李豁唇接着喝了两碗后,就蹲在炕洞前,烘烤秋梅的棉裤。炭火的红光映在他脸上,呈现着一种少见的圣洁的神情。老严头困倦极了,不想喝粥,吸起烟来。

一张折叠得四四方方的纸从秋梅的裤兜掉在地上,李豁唇捡起,展开一看,是买鹿的字据。他看了一会儿,不由得眉开眼笑,抬头望着秋梅说:"这下好了,这下好了,字据上写得明明白白嘛,鹿进入买主的鹿圈之前,如发生任何意外,责任概由卖主所负……幸亏有这字据在啊!就是那头鹿果真追不到了,受损失的也不会是你买主了!你快把字据揣起,千万可别弄丢了!"

秋梅接过字据,看了一遍,也稍感宽释地微笑了。但那笑容很快就从她脸上消失,她望着老严头说:"严大爷,那头鹿,您明天一定还得帮着追到啊!要不,卖主不但受了那么大损失,还被鹿撞伤了,人家就太吃亏了!人家也是要倾家荡产的呀!……"

老严头默默地点了一下头,站起身,走出小木屋,不知干什么去了。李豁唇的头却低下,许久未抬起……

第二天早晨,当秋梅醒来后,发现她的棉裤烘烤得暖暖和和,松松软软地放在身边。李豁唇蜷在炕洞旁，睡得像只猫似的。老严头却不在屋里。

她将李豁唇叫醒后，老严头才从外走进，说："我做好了一个爬犁。秋梅，让你李大哥护送你回鹿场吧！"说罢，从墙上取下套鹿索，又将一柄小砍斧别在腰中，转身跨了出去。

李豁唇托抱着流产后的秋梅迈出屋门，见爬犁停在门口，两匹马都套好了，老严头不知从什么地方割来了许多干草，正往爬犁上铺。"这老家伙，一夜没睡呀！"李豁唇在年轻女人的面前，不免觉得多少有些羞惭起来。他轻轻将秋梅放到爬犁上后，对老严头说："你护送她回去，我追鹿！"女人望了他一会儿，又望了老严头一会儿，却低声说："还是……严大爷去追好……"李豁唇怔了一下，固执地说："我去，我去！"老严头平静地说："你怎么去追呀，你那匹马的后腿都瘸了！""骑你的马去追！"李豁唇回答了老严头，又转对女人说，"秋梅，我路上那些话，是跟你开玩笑呢！你可千万别当真呀！你李大哥哪是那号人呢！"说罢，就跨上了老严头的"白鼻梁"。"白鼻梁"一尥蹶子，将他从鞍上掀了下来。他爬起来，又跨上鞍，又被掀了下来。他还想再跨上鞍去，被老严头止住了。

老严头从他手中夺过马缰，依然用那么一种平平静静的语调说："别逞能了，我这匹马，除了我谁也别想骑住它。"

李豁唇不得不让步了，见老严头已跨上了马，他摘下自己的皮帽子，递给老严头，讷讷地说："你戴上吧，谁知你会追到哪儿去呀……"

老严头默默注视了他一阵,接过帽子,朝头上一扣,说了声:"秋梅全靠你了!"抖缰纵马而去。

李豁唇久久望着他骑在马上的背影,他赶起爬犁后,仍几番回头。那林中小木屋,仿佛遗留下了他的什么重要东西似的,使他的目光难以收回……

不知那头鹿昨夜在什么地方,是怎样度过的?老严头寻找到它的蹄印,牵着马,跟踪着走出了大森林。在大森林边缘的雪地上,他吃惊地发现了三只狼的爪印。狼爪印分两侧夹着鹿蹄印,消失在一座山冈后面。

老严头眯起眼向山冈望去,山冈后面一片死寂。一只鹰盘旋高空,影子在白雪上游移。他思忖了一会儿,连连猛踢马腹,斜刺里策马朝山冈疾驰而去。

"白鼻梁"翻上山冈,他看到了那头鹿正向一处断崖逃奔。在它之后,追剿着三只灰狼。老严头来不及多想,大吼一声,放马奔下山冈。那头鹿,逃奔到崖畔,不得不停止了,屹立在崖畔,回首望着。老严头的马这时也驰到了崖畔,他拨转马头,迎住了三只狼。他的突然出现,使追剿中的三只狼迟迟疑疑地站住了,靠拢在一起,不进不退,毫不惧怕地盯着他。那头鹿像雕塑,一动不动地屹立在崖畔。人与狼僵持了一会儿,三只狼分散开,从三面开始向老严头逼近。盘旋在高空有所期待的鹰,不耐烦地扇动了一下翅膀。老严头缓缓地下了鞍,从腰间拔出砍斧,紧紧握在手中。他那张老而丑的脸，这时变得极其凶狠，极其可怕。他一把从头上扯下皮帽子，扔在雪地。从他那眯着的两眼中，投射出獒犬般恶猛的目光。

朝晖在峡谷中静静地燃烧着，绚丽的霞光辐射在山崖上，将白雪映耀了一层橘红。那头屹立在崖畔的鹿，披霞裹彩，宛如神异的灵物，美妙极了……

猎　熊

老伦吉善骑马伫立在山巅。他忠实的猎犬翁卡伊四腿插在深雪中，像主人一样岿然不动，像主人一样鸟瞰着远处灰苍的大森林。

血红的落日滞留在两山之间峡谷的上空。峡谷中被风暴扫荡得波状重叠的积雪，在落日余晖的映耀下，如缓缓流动着的岩浆流。落日以其瑰丽的超过初升时刻的彤光燃烧着峡谷，金橘色的夕照从峡谷间辐射向暮霭渐垂的天穹。

"啊嗽……嗬……嗬！……"

老伦吉善突然举起一只手臂，五指叉开的手掌仿佛力托着一座大山，从胸膛爆发出一声喝喊。这喝喊声如虎啸狮吼，震荡在峡谷间，回音经久不消。

翁卡伊受到主人这种豪壮情绪的感染，盲目地一阵狂吠。它仿佛在向大山林中的一切生物发出威胁——我是伦吉善的狗！

狗的吠声刚落，白马也昂头长嘶。

老伦吉善放下手臂，脸上浮现出冷笑。那张脸，像风化了百年以上的岩石雕成。纵横的皱纹切割碎了当年的无畏气概，只显示出惆怅的威仪。那冷笑蕴含着一种主宰者的傲岸，仿佛意味着——我是森林大帝，我是百兽之王，我是鄂伦春之魂，因为我千载不朽的英名——伦吉善。

整个山林世界在人的喝喊之后，在狗的狂吠之后，在马的长嘶之后，异常沉寂，仿佛在胆怯地瞻望着他们，仿佛屏息敛气地匍匐在这"三位一体"所形成的威慑力量面前，仿佛在沉寂中表示卑微的屈服——你是森林大帝，你是百兽之王，你是鄂伦春之魂，因为你是伦吉善。

主宰者凛峻的冷笑，渐渐变为一种自信的睥睨一切的微笑。夕照的最后的残辉投射在他脸上，投射在他身上。他脸上的每一条皱纹，都洋溢出老英豪的风采。他身体微微后倾，骑姿更加雄武。他终于调转了马头，放松嚼口，穿着"其哈密"的两脚突然一磕马腹，纵马驰下了山巅……

月亮占据了落日在峡谷上空的位置。清冽的月光洒在峡谷中人迹罕绝的雪地上，雪地被映成了淡蓝色。一人多高的灌莽丛的暗影在雪地上组成神符般的古怪图形，像一堵堵残垣断壁。老伦吉善对这个夜宿地点很满意。这个地点是他在山上鸟瞰周围时选择的。峡谷口就是原始森林。此刻，听不到林涛声，也没有呼啸的山风从峡谷中穿过。除了在不得已的情况下，他是不愿在森林中夜宿的。在森林中夜宿，望不见月亮神"别亚"，也望不见北斗星神"奥伦"。"别亚"和"奥伦"，同是他在诸神之中最为虔诚崇拜的保佑之神。他视"别亚"为母，视"奥伦"为父。他在夜宿时仰望着他的保佑之神，心中常感到像孩子依偎着慈祥的父母一样安宁。

他从马鞍上卸下了一只冻得硬挺挺的狍子，下山时打到的。用了三颗子弹。只有一颗子弹打在狍子身上。打断了它的左后腿。它拖着断腿逃入了茂密的柞树林中。翁卡伊追入柞树林中扑倒了它，咬透了它的颈子。真是一条出色的猎犬。虽然也像他自己一样老了。

他心底忽然产生了一种悲哀。一种由于意识到老而自怜的悲哀，一种对老的恐惧。这种不可名状的恐惧感使他生平第一次自己对自己那么茫然。难道我伦吉善也会老吗？不，这是不可能的！即使我老了，我也仍是森林大帝。因为我是伦吉善！伦吉善是不会老的！"别亚"和"奥伦"保佑我，衰老也绝不能够从我身上夺去勇敢和强悍。他心底又忽然产生了一种自己对自己的崇拜。那是一种巩固的崇拜，一种超过对任何图腾的崇拜，甚至可以说是超过对"别亚"和"奥伦"的崇拜。这老鄂伦春人毕生都是在对自己的崇拜中度过的。丧失了这种崇拜，他是无法生存的。

可他毕竟用了三颗子弹才打到一只狍子，而且是打在一条腿上！按照鄂伦春猎人的说法，是"狍子自杀"。耻辱啊！近千只狍子丧生在他的枪下，他何曾用过两颗子弹打死一只狍子？可是今天却用了三颗子弹！大乌斯力村的年轻的鄂伦春猎手们若是知道此事将会发些什么议论，他是完全预想得到的。在他内心里，对于这一类议论的恐惧，是强大于意识到自己毕竟老了的恐惧的。

白马打了一阵疲惫的响鼻。他不禁扭过头去，目光忧郁地望着它。它也老了。老得连一匹猎马的尊严都不能维持了,此刻也像翁卡伊似的卧倒在雪地上,无精打采地舔着雪。从山顶奔驰到这里,对任何一匹猎马都该不算回事。可是它身上的汗却弄湿了他的皮裤。还两次失蹄,险些把他从鞍上摔下来。它已不再能像过去那样,在失蹄的情况下一眨眼便站立起来,继续奔跑。今天它失蹄后,站了数次都没能站起。他不得不离鞍对它大吼一声。

忧郁地望着它,他心中对它充满了怜悯。难道我伦吉善的白猎马也老到不中用的地步了吗?可当年它曾是一匹多么耐苦耐劳的优良猎马啊!有人用三匹马、两条狗,外加一支崭新的双筒猎枪要与他交换这匹马,被他干脆地拒绝了。如今它分明是老了,分明是不中用了。他心中默默祈祷:"'别亚'啊,'奥伦'啊,保佑我的白马吧,保佑我忠实的猎犬翁卡伊吧,不要让它们衰老,不要让它们变得可悲而可怜。失去了它们,我伦吉善也就不再是伦吉善了,不再是森林大帝了……"

他其实也在为自己向"别亚"和"奥伦"虔诚地祈祷。

他抽出匕首,熟练地剥下狍皮,割下两块狍肉,在火上烤软,一块扔给了白马,一块扔给了翁卡伊。翁卡伊默默地不慌不忙地吞食着。白马却对狍肉无动于衷,用嘴唇触了一下,继续舔雪。他不由得叹了口气。他知道,白马已经老得牙齿松动,无法咀嚼兽肉了。他很后悔,在打死这只狍子的当时,没有放出它的血让白马痛饮。他叹了口气,将狍肉架在火堆上烤起来。

他忽然感到很寂寞很孤独。他已经很久很久没有单枪匹马地深入大兴安岭的腹地了。自从鄂伦春人定居后,大兴安岭中早已不常见到单独狩猎者了。

篝火的蓝舌头贪婪地舔着狍肉。狍肉散发出一阵比一阵诱人的香味。他凝视着篝火,又习惯地回忆起了自己一生中一件件一桩桩英雄而光彩的事迹。这种回忆似烈酒,对他来说同属享受。

他的遥远的祖先属于白依尔氏族。他所知道名字的每一位先人,都是氏族中的领袖或勇士。他深信自己血管里流动的是不同于任何一个鄂伦春人的血液,是神明恩赐给他的家族的可以像法宝一样世代相承的东西,并且深信自己的血液是蓝色的。蓝色的血液使他的家族中的每一个男人都必定成为英雄或勇士。没有人能够说服他改变这一偏执的看法。因为他从小到老,一次也没有受伤流血,这一点更加使他对自己的看法坚信不疑。如果没有神明的保佑,哪一个鄂伦春人能够一生一次也不受伤流血?蓝色的血液,即使哪一天会从他身上的伤口流出,落在地上也一定变为蓝色的宝石!

在他九岁的时候,就能够用弓矢射中飞雁。十二岁的时候,就用父亲的猎枪打死过一头巨熊,救了一位猎人的命。十八岁,他成了全部落数第一的百发百中的神枪手。有一次,一股土匪偷袭了部落,杀死了七个鄂伦春妇女和孩子,夺走了二十多匹猎马和大量皮货。他一人单骑追踪了土匪三天三夜,在黑瞎子沟将十几名土匪全部消灭。日本"山林队"糟蹋并杀死了他的妹妹,他刀劈了"山林队"少校队长和五名日本兵,将"山林队"的住所一把火烧了个精光。从此他隐迹于大兴安岭的密林之中,而他的名字则传遍每一个鄂伦春部落……

在加尔敦山麓，在诺敏河畔，在新中国成立后出现的新集镇小二沟，在鄂伦春定居日那一天，在鄂伦春族的第一个旗长白斯古朗向来自甘河、奎勒河、多布库尔河、讷门河、托扎明河、阿木牛河流域乃至瑷珲、呼玛一带的鄂伦春人宣布："几百年来被人耻笑为野人的我们，已不再是一个被侮辱被欺压的民族，现在完全站起来了"的时候，他奇迹般地出现在人们面前，英武而豪勇，和旗长并立一处。旗长向人们讲出他的名字，人们顿时狂热地对他欢呼："鄂伦春——伦吉善！伦吉善——鄂伦春！……"

旗长当众授予他一面锦旗，上面用金线绣着五个字——"鄂伦春之魂"。

以后，他的名字便经常同"鄂伦春"三个字联系在一起了。他所获得的崇拜和尊敬，远远超过他的任何一位先人。

不久，他又因其丰富的狩猎经验和百发百中的枪法，被旗长授予另一面锦旗，上面绣着四个字——"森林大帝"。也是用金线绣成。

……

可是如今人们却不再像过去那般崇拜他了。虽然依然尊敬他，那也不过是一种对老年人的尊敬而已。选举旗人民代表，已不再有很多人投他的票。旗里召开什么会议，自然也不再有人通知他去参加。就连进山打猎这样平凡的事，也不再需要他来出面组织。年轻人甚至公然劝他偌大的年纪不要再摆弄猎枪了。

他们对他说："阿达玛，您如今应该做的是在家抱孙子，或者到鹿场去养鹿。"

他们对他说:"你和我们一起进山去打猎,那只会给我们添麻烦。"

他们对他说:"现在山里黑熊多起来了……"他们竟拿黑熊来恫吓他!连他的儿子也对他说这话!这是无法忍受的!

于是他三天前没有向任何人告别便深入到大兴安岭腹地来了。

他要打死一头黑熊。

他要证明自己并没老,也永远不会老。

三天内他发现过两头熊,没打。那两头熊在他看来都不够巨大。他要打死一头巨熊。只要算得上巨熊,发现几头,他将打死几头。他要把熊掌带回村里去,扔在那些年轻人脚下……

此刻,他将烤熟的狍肉一刀刀片尽了,便开始做他临睡前最重要的一件事。他在雪地上用树枝画了一个圆圈,圆圈象征盆,圈内的雪象征水。他在"盆"边双膝跪下,上身匍匐于地,额头贴在手背上,开始向他的保佑之神月亮神"别亚"祈祷。祈祷他明天会在"盆"里发现一撮熊毛。那便证明"别亚"向他预示,他可以如愿地打死一头巨熊。之后,他便铺开皮褥,躺了下去。他很快就酣然入睡,不时发出呓语:"我是伦吉善,我是……"

狩猎者总是比山林醒得更早。当残留的夜幕和初现的曙色交织在峡谷尽头时,老伦吉善已经跨上了马背。他并没有在"盆"中发现熊毛。他心中因此对"别亚"充满了抱怨。他阴沉着脸,苍老的面皮仿佛被昨夜的寒冷所冻结,每一条最细小的皱纹都凝聚着严峻的愠怒。善于像人一样察言观色的翁卡伊，马前马后欢跃着，企图逗引主人开心，却遭到了主人一声粗暴的呵斥。

老伦吉善策马上路之后，竟放声唱了起来：

鄂乎蓝德乎蓝，
喂！我的白马飞驰起来吧！
鄂乎蓝德乎蓝，
喂！我的猎犬紧跟我吧！……

按照鄂伦春人的习俗，进山狩猎是不能歌唱的，认为是对一切神明的冒犯。他放声大唱之后，心中产生了一种快感。这种快感纯粹由于自己敢冒犯神明而产生。他盲目地感到一切都因他老了而对他怀有敌意，整个大兴安岭，包括神明。他本能地要对这种虚幻出来的敌意进行挑战！

他纵马向峡谷口疾驰狂奔！

受一种突发的、连他自己也感到朦胧的、不能控制的兴奋情绪的驱使，他口中不断发出怪异的叫喊，拳头一下接一下狠擂在马脖子上。像是有种魔力从他身上传达到马身上，白马也呈现出亢奋状态，四蹄翻飞，不避障碍，宛如惊马脱缰。只有翁卡伊还保持着一点狗的清醒。它一边跟在白马后面顽强地穷追不舍，一边发出警示危险的吠叫。

突然，白马一头栽倒了。翁卡伊看到主人的身子离开了马鞍，在空中翻了一个斤斗，重重地摔在地上。

老伦吉善虽然摔得有些昏眩，但并没有受伤。他慢慢地爬起来后，见白马绝望地挣扎着，却不能够四腿同时站立。他走近它，才发现它折断了一条后腿。一截劈裂的白森森的腿骨刺穿皮肉，插在雪中。

他的心立刻被罪过感笼罩了。他悔恨莫及。它已经是一匹老马了呀！他明明知道的。可是他还驱使它狂奔不止！那马的玉石眼中充满巨大的痛苦，哀而含怨地望着他。他跪下，双臂搂抱住马的脖子，伤感地喃喃低语着："哦！白马，白马，我可怜的马……"两行老泪夺眶而出，沿着他脸面上的皱纹扑簌簌滚落。

翁卡伊似乎预知白马遭到了怎样的不幸，似乎不忍走过去目睹可怕的惨状。它远远地站立着，呆呆地望着主人和白马。它见主人终于离开了白马，低垂着头一步步走了。似乎要遗弃白马，也同时遗弃它。它犹豫着，不知是应该发出吠叫，还是应该默默地跟在主人身后。就在这时，老伦吉善站住了。他缓缓地转过了身。他缓缓地举起了枪，枪口瞄准着白马。

白马已不再徒劳无益地挣扎，白马昂着头，镇定地，甚至可以说是期待地注视着主人，注视着举在主人手中的猎枪的枪口。

一种恐惧遍布了那对杀戮司空见惯的狗的全身。它竖起了颈毛，呜呜低吠，发抖不止。

砰！

枪响了。白马的头仍昂立了一秒钟，软弱地一下子触进了雪中。

翁卡伊立刻从空气中嗅到了一股新鲜的血腥气。它的忠实的本性被白马的无辜和主人的无情动摇了。它悲吠一声，朝相反的方向箭一般地奔逃而去。

"翁卡伊！翁卡伊！……"

老伦吉善大声呼唤着它。它却在他的视野中渐渐消失了。他意识到，翁卡伊对他失去了信任，背叛了他。

他感到了一种真正的孤独。一种有生以来从未体验过的孤独。一种悲凉，一种凄哀。

就在这时，他听到了一声熊吼，一声被枪响所惊扰的熊吼，从不远的密林中可怕地传出来，令人心战胆寒。

他怔了一刻，毅然地向密林走去。

……

在林隙间的雪地上，老伦吉善发现了熊迹。大而深的熊掌印的跨度告诉他，如他所愿，是头巨熊。

他的每一根神经都兴奋而紧张起来。

他跟踪熊迹向前走了还不到二十米，便站住了——巨熊从一棵合围粗的义气松的树身后闪出来。这是一头老奸巨猾的熊。它不甘于在被追踪的情况下做猎人枪口下可悲的牺牲品。它分明想采取主动较量的方式拯救自己。它人立着，站在离老伦吉善五六步远处。它的两只前掌高举着，如投降的姿势，也如拳击场上获胜后的拳击手向观众致意的姿势。他凭经验知道，那是熊的一种随时预备拼死进击的姿势。它是那么高大，那么强壮，胛骨处浑圆的肌肉在熊皮下凸着。然而他看出，它是一头老熊。两绺熊毛生长在熊面上，垂下来遮住了熊眼。熊的心窝儿处，有一片半月状的白毛。这特殊的标记使他认出了它。他想起自己曾和这头熊有过一次遭遇。是几年前？还是十几年前？他回忆不清了。有一点他是很清楚地记得的——那时它还不是一头老熊，他自己也还没开始被视为老人。那一次他和它也是这么突然地彼此发现了，也是距离这么近，也是像今天这般对峙着。所不同的是，他当时非常镇定，一点没有心慌意乱，几乎不是用一个猎人的眼光，而是用一种惊诧和赏识的眼光看着它。他和它对峙了半天，它似乎觉得无趣了，似乎并不把他放在眼里，终于不屑理睬地转过身，迈着杂技式的从容的熊步踱到密林深处去了……

他当时可以打死它，但他没有向它开枪。他当时是被它的强悍无畏征服了。

可是这时，他不禁倒吸了一口冷气。他生平第一次，在猛兽面前产生了一种潜伏的畏惧。他几乎想转身逃跑。理智警告他那是最大的危险，他才没逃。但他是完全地呆住了。熊，用一只前掌像女人撩发一样撩起了遮眼的长毛。熊眼眈眈地瞪着他。它似乎在判断处境对猎人还是对它自己有利。

也许是由于他的老态，他的呆状，使熊感到他实际上并不能对它构成危害。它和他对峙了一刻，像当年一样缓缓地转过身去，迈着和当年一样的杂技式的从容的熊步，朝密林深处回避。

老伦吉善清醒了过来。他想到必须带回熊掌扔在村里的年轻人脚下，他毫不迟疑地举起了枪……砰！……巨熊高大的身躯抖了一下。它像一个遭到卑鄙的暗算的人一样，又转过了身来。它再一次撩起眼上方的长毛，愤怒地盯着他。他持枪的手颤抖了。熊向他迈出了一步。砰……它心窝儿那片半月状的白毛被染成了红色。可是它并没有倒下去。它发出了一声使整个山林都惊悸的狂吼。猎枪从老伦吉善的手中失落在地上。一声猎狗的勇敢的吠叫。翁卡伊突然不知从何处窜出。这忠实的猎犬并没有背叛主人。在这险恶的情况下，它凶猛地扑向巨熊。熊掌在空中划了一道弧，翁卡伊被击出数米远，撞在一棵树上，头骨碎裂，躯体落地便不再动弹。老伦吉善趁机拔出了匕首。熊已经扑到了他跟前。在他的匕首刺进熊腹的同时，一只熊掌击在他脸上。世界变成了红色的。紧接着，巨熊的前肢搂抱住了他的身体。他清楚地听到了自己的肋骨折断的声音。"哦！'别亚'……'奥伦'……蓝……""森林大帝"只来得及呻吟出这几个字，便同巨熊一块儿颓然倒下了……

039

狍的眼睛

狍子当归属于鹿的一种。比麝和獐略大，比鹿略小。由于它不像鹿和麝一样，鹿有珍贵的鹿茸、鹿心血，麝香可入药；甚至连它的皮也不像獐的皮一样可制成细软的皮革，所以它无幸列入动物的受保护"名单"。一向被人认为既没什么观赏价值，也没什么经济价值。人养火鸡、鸵鸟、狐、貂，也养山雉和野兔，就是不养狍。

所以狍似乎是动物中的劣种，是山林中的"活动罐头"，任谁都可以设套子套它，或用猎枪射杀它。

东北山林中的鄂伦春人，以狍为主要的猎捕之物。他们吃狍肉如我们汉人吃猪肉一样寻常。他们从头到脚穿的、铺的、盖的，几乎全是狍皮制品。狍皮虽然不属珍皮，而且非常容易掉毛，但却有一大优点——阻隔寒潮。鄂伦春猎人在山林中野宿，往往于雪地上铺开三边缝合了的狍皮睡袋，脱光衣服钻入进去，只将戴着狍皮帽子的头露在外，连铺带盖都是它了。哪怕零下三十几度的严寒，睡袋内也一夜暖乎乎的。

当年我是知青，在一师一团，地处最北边陲。每月享受九元"寒带地区津贴"。连队三五里外是小山，十几里外是大山。鄂族猎人，常经过我们连，冬季上山，春季下山。连里的老职工、老战士，向鄂族学习，成为出色猎人的不少。当年中国人互比生活水平，论几"大件儿"。连里老职工、老战士们的目标是"四大件儿"——即自行车、缝纫机、收音机，加一支双筒猎枪。三四年后，仅我们一个连一百多名知青中，就有半数铺上了狍皮褥子。或向鄂族猎人买的，或向本连老职工、老战士买的。全团七个营四十余个连，往最少了估计，那些年究竟有多少只狍子丧生枪下，可想而知。新狍皮，小的十五元，大的二十元，更大的，也有二十五元一张的，最贵不超过三十元。

"北大荒"的野生动物中，野雉多，狍子也多。所以有"棒打狍子瓢舀鱼，野雉飞到饭锅里"的夸张说法。

狍天生是那种反应不够灵敏的动物，故人叫它们"傻狍子"。人觉得人傻，在当地也这么说："瞧他吧，傻狍子似的！"

狍的确傻。再傻，它见了人还能不跑吗？当然也跑。但它没跑出去多远却会站住，还会扭回头望人，仿佛在想——我跑个什么劲儿呢？那人不一定打算伤害我吧？——往往就在它望着人发愣之际，砰！猎枪响了……

被猎枪射杀的狍子中，半数左右是这么死的。死得糊涂，死得傻，死得大意。

狍真的很傻，少见那么傻的野生动物。

夜晚，一辆汽车在公路或山路上开着，而一只狍要过路。车灯照住狍，狍就站定在路中央不动了。它似乎想弄明白是怎么回事，为什么那么亮的一片光会照住它？……司机一提速，狍被撞死了……

我是知青的六年间，每年都听说几次汽车撞死狍子的事。卡车撞死过狍子，吉普也撞死过狍子，还目睹过两次这样的事。不但汽车撞死过狍子，连拖拉机也撞死过狍子。当年老旧的一批"东方红"链履式拖拉机，即使挂到最高速五挡，那又能快到哪儿去呢！但架不住傻狍子愣是站定在光中不跑哇……

狍的样子其实一点儿都不傻。非但看上去并不傻，长得还很秀气。知道鹿长得什么样儿，就想象得到狍长得多么秀气了。狍的耳朵比鹿长一些，眼睛比鹿的眼睛还大。公狍也生角，但却不会长到鹿角那么高，也不会分出鹿角那么多的叉儿，一般只分两叉儿。狍不会碎步跑，只会奔跃。但绝不会像鹿奔得那么快，也不会像鹿跃得那么远。狍虽是野生动物，但又显然太缺乏"野外运动"的锻炼。

狍，傻在它那一双大眼睛。

狍的眼中，尤其母狍的眼中，总有那么一种犹犹豫豫、懵懂不知所措的意味。我这里将狍的眼神儿作一比，仿佛虽到了该论婚嫁的年龄，却仍那么缺乏待人接物的经验，每每陷于窘状的大姑娘的眼神儿。这样的大姑娘从前的时代是很有一些的，现在不多了。狍发现了人，并不立即就逃。它引颈昂头，凝视着人。也许凝视几秒钟，也许凝视半分钟甚至一分钟之久。要看它在什么情况之下发现了人，以及什么样的人，人在干什么。狍对老人、小孩儿和女人，戒心尤其不足。

我在连队当小学老师的两年中,有一天带领学生们捡麦穗儿,冷不丁地从麦捆后站起了一只狍子。它大概在那儿卧着晒太阳来着。一名女学生,离那只狍仅数步远。它没跑,凝视着她。她也凝视着它,蹲在地上,手中抓着把麦穗儿,一动也不动。别的同学就喊:"扑它!扑它呀!"她仿佛聋了,仍一动也不动。于是发喊的同学们就围向它,纷纷将手中装麦穗的小筐小篮掷向它。当时,这些孩子们手中除了小筐小篮,也没另外的任何器物。有的筐篮,还真就准确地掷在狍身上了。当然,并不能使狍受伤。它这才跑。它一慌,非但没向远处跑,反而朝同学们跑来,结果陷于包剿。左冲右突了一阵,才得以向远处逃脱……

别的同学就都埋怨那女同学:"你怎么比狍子还傻?怎么不扑它呀?"

她说:"我光顾看它眼睛了,它的眼睛可真好看!"

后来,她把这件事写到作文中了,用尽她所掌握的词汇,着实地将狍的眼睛形容了一番。她觉得狍的眼睛像"心眼儿特实诚的大姑娘的眼睛"。我今天也这么在此形容,坦率地讲,是抄袭我当年的学生。

小学校的校长是转业兵,姓魏,待我如兄弟。他是连队出色的猎手之一。冬季的一天,我随他进山打猎。我们在雪地上发现了两行狍的蹄印。他俯身细看了片刻,很有把握地说肯定是一大一小。顺踪追去,果然看到了一大一小两只狍。体形小些的狍,在我们的追赶下显得格外的灵巧。它分明地企图将我们的视线吸引到它自己身上。雪深,人追不快,狍也跑不快。看看那只大狍跑不动了,我们也终于追到猎枪的射程以内了,魏老师的猎枪也举平瞄准了,那体形小些的狍,便用身体将大狍撞开了。然后它在大狍的身体前蹿来蹿去,使魏老师的猎枪无法瞄准大狍,开了三枪也没击中。魏老师生气地说——我的目标明明不在它身上,它怎么偏偏想找死呢!

但傻狍毕竟斗不过好猎手。终于,它们被我们追上了一座山顶。山顶下是悬崖,它们无路可逃了。

在仅仅距离它们十几步远处,魏老师站住了,激动地说:"我本来只想打只大的,这下,两只都别活了。回去时我扛大的,你扛小的!"他说罢,举枪瞄准。狍不像鹿或其他动物。它们被迫到绝处,并不自杀。相反,那时它们就目不转睛地望着猎人,或凝视枪口,一副从容就义的样子。那一种从容,简直没法儿细说。那时它们的眼睛,就像参加奥运的体操选手,连出差失,遭到淘汰已成定局,厄运如此,听天由命。某些运动员在那种情况之下,目光不也还是要望向分数显示屏吗?——那是运动员显示最后自尊的意识本能。狍凝视枪口的眼神儿,也似乎是要向人证明——它们虽是动物,虽被叫傻狍子,但却可以死得如人一样自尊,甚至比人死得还要自尊。

在悬崖的边上,两只狍一前一后,身体贴着身体。体形小些的在前,体形大些的在后。在前的分明想用自己的身体挡住子弹。它眼神儿中有一种无悔的义不容辞的意味儿,似乎还有一种侥幸——或许人的猎枪里只剩下了一颗子弹吧?……

它们的腹部都因刚才的逃奔而剧烈起伏。它们的头都高昂着，眼睛无比镇定地望着我们——体形小些的狍终于不望我们，将头扭向了大狍，仰望大狍。而大狍则俯下头，用自己的头亲昵地蹭对方的背、颈子。接着，两只狍的脸偎在了一起，两只狍都向上翻它们潮湿的、黑色的、轮廓清楚的唇……并且，吻在了一起！我不知对于动物，那究竟等不等于吻，但事实上的确是——它们那样子多么像一对儿情人在以相吻诀别啊！……

我心中顿生恻隐。正奇怪魏老师为什么还没开枪，向他瞥去，却见他已不知何时将枪垂下了。他说："它们不是一大一小，是夫妻啊！"他嘿嘿然不知说什么好。他又说："看，我们以为是小狍子那一只，其实并不算小呀！它是公的。看出来没有？那只母的是怀孕了啊！所以显得大……"我仍不知该怎么表态。"我现在终于明白了，鄂伦春人不向怀孕的母兽开枪是有道理的！看它们的眼睛！人这种情况下打死它们是要遭天谴的呀！"魏老师说着，就干脆将枪背在肩上了。后来，他盘腿坐在雪地上了，吸着烟，望着两只狍。我也盘腿坐下，陪他吸烟，陪他望着两只狍。我和魏老师在山林中追赶了它们三个多小时。魏老师可以易如反掌地射杀它们了，甚至，可以来个"穿糖葫芦"，一枪击倒两只，但他决定不那样了……我的棉袄里子早已被汗水湿透，魏老师想必也不例外。那一时刻，夕阳橘红色的余晖，漫上山头，将雪地染得像罩了红纱巾……

两只狍在悬崖边相依相偎，身体紧贴着身体，眷眷情深，根本不再理睬我们两个人的存在……那一时刻，我不禁想起了一首古老

的鄂伦春民歌。我在小说《阿依吉伦》中写到过那首歌,那是一首对唱的歌,歌词是这样的:

小鹿:妈妈,妈妈,你肩膀上挂着什么东西?
母鹿:我的小女儿,没什么没什么,那只不过是一片树叶子……
小鹿:妈妈,妈妈,别骗我,那不是树叶子……
母鹿:我的小女儿,告诉你就告诉你吧,是猎人用枪把我打伤了,血在流啊!
小鹿:妈妈,妈妈,我的心都为你感到疼啊!让我用舌头把你伤口的血舔尽吧!
母鹿:我的女儿呀,那是没用的。血还是会从伤口往外流啊,妈妈已经快要死了!你的爸爸早已被猎人杀死了,以后你只有靠自己照顾自己了!和大伙一块儿走的时候,别跑在最前边,也别落在最后边。喝水的时候,别站定了喝,耳朵要时时听着。我的女儿呀,快走吧快走吧,人就要追来了!……

倏忽间我鼻子一阵发酸。
以后,我对动物的目光变得相当敏感起来……

孩子和雁

在北方广袤的大地上，三月像毛手毛脚的小伙子，行色匆匆地奔过去了。几乎没带走任何东西，也几乎没留下明显的足迹。北方的三月总是这样，仿佛是为躲避某种纠缠而来，仿佛是为摆脱被牵挂的情愫而去，仿佛故意不给人留下印象。这使人联想到徐志摩的诗句"我挥一挥衣袖，不带走一片云彩"。北方的三月，天空上一向没有干净的云彩；北方的三月，"衣袖"一挥，西南风逐着西北风。然而大地还是一派融冰残雪处处覆盖的肃杀景象……

现在，四月翩跹而至了。

与三月比起来，四月像一位低调处世的长姐。其实，北方的四月只不过是温情内敛的呀。她把她对大地那份内敛而又庄重的温情，预先储存在她所拥有的每一个日子里。当她的脚步似乎漫不经心地徜徉在北方的大地上，北方的大地就一处处苏醒了。大地嗅着她春意微微的气息，开始了它悄悄的一天比一天生机盎然的变化。天空上仿佛陈旧了整整一年的、三月不爱搭理的、吸灰棉团似的云彩，被四月的风一片一片地抚走了，也不知抚到哪里去了。四月吹送来了崭新的干净的云彩。那可能是四月从南方吹送来的云彩，白而且蓬软似的。又仿佛刚在南方清澈的泉水里洗过，连拧都不曾拧一下就那么松松散散地晾在北方的天空上了。除了山的背阳面，别处的雪是都已经化尽了。凉沁沁亮汩汩的雪水，一汪汪地渗到泥土中去了。河流彻底地解冻了，小草从泥土中钻出来了，柳枝由脆变柔了，树梢变绿了。还有，一队一队的雁，朝飞夕栖，也在四月里不倦地从南方飞回北方来了……

在北方的这一处大地上有一条河，每年的春季都在它折了一个直角弯的地方溢出河床，漫向两岸的草野。于是那河的两岸，在四月里形成了近乎水乡泽国的一景。那儿是北归的雁群喜欢落宿的地方。

离那条河二三里远，有个村子，是普通人家的日子都过得很穷的村子。其中最穷的人家有一个孩子。那孩子特别聪明。那特别聪明的孩子特别爱上学。

他从六七岁起就经常到河边钓鱼。他十四岁那一年，也就是初二的时候，有一天爸爸妈妈又愁又无奈地告诉他——因为家里穷，不能供他继续上学了……

这孩子就也愁起来。他委屈。委屈而又不知该向谁去诉说。于是一个人到他经常去的地方，也就是那条河边去哭。不只大人们愁了委屈了如此，孩子也往往如此。聪明的孩子和刚强的大人一样，只在别人不常去而又似乎仅属于自己的地方独自落泪。

那正是四月里某一天的傍晚。孩子哭着哭着，被一队雁自晚空徐徐滑翔下来的优美情形吸引住了目光。他想他还不如一只雁，小雁不必上学，不是也可以长成一只双翅丰满的大雁吗？他甚至想，他还不如死了的好……

当然，这聪明的孩子没轻生。他回到家里后，对爸爸妈妈郑重地宣布：他还是要上学读书，争取将来做一个有知识有文化的人。爸爸妈妈就责备他不懂事。而他又说："我的学费，我要自己解决。"爸爸妈妈认为他在说赌气话，并不把他的话放在心上。但那一年，他却真的继续上学了。而且，学费也真的是自己解决的。也是从那一年开始，最近的一座县城里的某些餐馆，菜单上出现了"雁"字。不是徒有其名的一道菜，而的的确确是雁肉在后厨的肉案上被切被剁，被炸被烹……雁都是那孩子提供的。后来《保护野生动物法》宣传到那座县城里了，唯利是图的餐馆的菜单上，不敢公然出现"雁"字了。但狡猾的店主每回悄问顾客："想换换口味儿吗？要是想，我这儿可有雁肉。"倘若顾客反感，板起脸来加以指责，店主就嘻嘻一笑，说开句玩笑嘛，何必当真！倘若顾客闻言眉飞色舞，显出一脸馋相，便有新鲜的或冷冻的雁肉，又在后厨的肉案上被切被剁。四五月间可以吃到新鲜的，以后则只能吃到冷冻的了……

雁仍是那孩子提供的。斯时那孩子已经考上了县里的重点高中。他在与餐馆老板们私下交易的过程中，学会了一些他认为对他来说很必要的狡猾。

他的父母当然知道他是靠什么解决自己的学费的。他们曾私下里担心地告诫他："儿呀，那是违法的啊！"他却说："违法的事多了。我是一名优秀学生,为解决自己的学费每年春秋两季逮几只雁卖,法律就是追究起来,也会网开一面的。""但大雁不是家养的鸡鸭鹅,是天地间的灵禽,儿子你做的事罪过呀!""那叫我怎么办呢?我已经读到高中了。我相信我一定能考上大学,难道现在我该退学吗?"见父母被问得哑口无言,又说:"我也知道我做的事不对,但以后我会以我的方式赎罪的。"那些与他进行过交易的餐馆老板们,曾千方百计地企图从他嘴里套出"绝招"——他是如何能逮住雁的?"你没有枪。再说你送来的雁都是活的,从没有一只带枪伤的。所以你不是用枪打的,这是明摆着的事儿吧?""是明摆着的事儿。""对雁这东西,我也知道一点儿。如果它们在什么地方被枪打过了,哪怕一只也没死伤,那么它们第二年也不会落在同一个地方了,对不?""对。""何况,别说你没枪,全县谁家都没枪啊。但凡算支枪,都被收缴了。哪儿一响枪声,其后公安机关肯定详细调查。看来用枪打这种念头,也只能是想想罢了。""不错,只能是想想罢了。""那么用网罩行不行?""不行。雁多灵警啊。不等人张着网挨近它们,它们早飞了。""下绳套呢?""绳粗了雁就发现了。雁的眼很尖。绳细了,即使套住了它,它也能用嘴把绳啄断。""那就下铁夹子!""雁喜欢落在水里,铁夹子怎么设呢?碰巧夹住一只,一只惊一群,你也别打算以后再逮住雁了。""照你这么说就没法子了?""怎么没法子,我不是每年没断了送雁给你吗?"

"就是呀。讲讲,你用的是什么法子?"

"不讲。讲了怕被你学去。"

"咱们索性再做一种交易。告诉我给你五百元钱。"

"不。"

"那……一千！一千还打不动你的心吗？"

"打不动。"

"你自己说个数！"

"谁给我多少钱我也不告诉。如果我为钱告诉了贪心的人，那我不是更罪过了吗？"

他的父母也纳闷地问过，他照例不说。

后来，他自然顺利地考上了大学。而且第一志愿就被录取了——农业大学野生禽类研究专业。是他如愿以偿的专业。

再后来，他大学毕业了，没有理想的对口单位可去，便"下海从商"了。他是中国最早"下海从商"的一批大学毕业生之一。

如今，他带着他凭聪明和机遇赚得的五十三万元回到了家乡。他投资改造了那条河流，使河水在北归的雁群长久以来习惯了中途栖息的地方形成一片面积不小的人工湖。不，对北归的雁群来说，那儿已经不是它们中途栖息的地方了，而是它们乐于度夏的一处环境美好的家园了。

他在那地方立了一座碑——碑上刻的字告诉世人，从初中到高中的五年里，他为了上学，共逮住过五十三只雁，都卖给县城的餐馆被人吃掉了。

他还在那地方建了一幢木结构的简陋的"雁馆"，介绍雁的种类、习性、"集体观念"等等一切关于雁的趣事和知识。在"雁馆"

不怎么显眼的地方,摆着几只用铁丝编成的漏斗形状的东西。

如今,那儿已成了一处景点。去赏雁的人渐多。

每当有人参观"雁馆",最后他总会将人们引到那几只铁丝编成的漏斗形状的东西前,并且怀着几分罪过感坦率地告诉人们——他当年就是用那几种东西逮雁的。他说,他当年观察到,雁和别的野禽有些不同。大多数野禽,降落以后,翅膀还要张开着片刻才缓缓收拢。雁却不是那样。雁双掌降落和翅膀收拢,几乎是同时的。结果,雁的身体就很容易整个儿落入经过伪装的铁丝"漏斗"里。因为没有什么伤痛感,所以中计的雁一般不至于惶扑,雁群也不会受惊。飞了一天精疲力竭的雁,往往将头朝翅下一插,怀着几分奇怪大意地睡去。但它第二天可就伸展不开翅膀了,只能被雁群忽视地遗弃,继而乖乖就擒……之后,他又总会这么补充一句:"我希望人的聪明,尤其一个孩子的聪明,不再被贫穷逼得朝这方面发展。"那时,人们望着他的目光里,便都有着宽恕了……在四月或十月,在清晨或傍晚,在北方大地上这处景色苍野透着旖旎的地方,常有同一个身影久久伫立于天地之间,仰望长空,看雁队飞来翔去,听雁鸣阵阵入耳,并情不自禁地吟他所喜欢的两句诗:"风翻白浪花千片,雁点青天字一行。"

便是当年那个孩子了。

人们都传说——他将会一辈子驻守那地方的……

虎年随想

我是知青的年月,曾伐过木。在深山老林中,在三角帐篷里,在月隐星疏的夜晚,坐大铁炉旁,口嚼香酥的烤馒头片,听伐木工们讲过这么一件关于虎的"逸事"——清晨,一名伐木工刚推开"木格楞"的门,骇叫一声,慌缩迈出的脚,急将门插上,且用木杠顶住。

众人惊问他看见什么怪物了?何以吓得面无人色?他抖抖地说可不得了,门外趴着一只虎。都不信,纷纷凑窗往外看。果然!那虎比他们想象的要大得多,估计站起来有一头三四岁的牛那么高。趴在门外两米远处,虎视眈眈地瞪着门。有人惴惴地说:"快把窗钉上!"是的,那框架单薄的窗挡不住虎。若虎想进入,只消跃起一蹿,窗便注定地会被撞开……于是众人七手八脚翻出钉子、锤子,拆床板,从里面将窗钉死了。都觉安全了些,就一个个虔诚反省——是否谁无视山规,冒犯了兽中之王?东北一代代的伐木工,一向将虎膜拜为"山神",劳动中禁忌颇多。一个个反省了一番的结果是,并没有什么冒犯"山神"的行为。莫非它饿极了,堵在门口,想人出去一个，它吃一个么？得不出别的结论，似乎也只有以上的结论合乎逻辑。挨至中午，虎不离开。挨至晚上，虎还不离开。天黑了，伐木工都睡了。心里都这么想——看谁有耐性？然而那一夜，谁都没睡好。因为虎在外面时时发出长啸。天刚亮，第一个醒来的伐木工从门缝往外一瞧，不禁倒吸冷气。

虎仍趴在那儿，舔自己的一只前爪。而且，不是一只虎了，是两只虎了。前一只可能是雌的。后来的一只可能是雄的，因为比前一只更壮大。门外雪地一片红，显然它们刚吃过什么，又显然是后一只为前一只叼来的。雪地上的虎踪说明了这一点。

于是两只虎轮番趴在那儿和伐木工们比赛耐性。雌虎离开，雄虎留守；雌虎回来，雄虎离开。雌虎离开时，一只前爪瘸拐着。它回来一趴下，雄虎便替它舔那只爪……

一名老伐木工终于看明白了。他们的住处一向是备有各类外伤药的。他命别人找给他，之后就带着药迈出"木格楞"，从容地向那只受伤的雌虎走去。别人在他走出去后，立刻又用木杠顶上了门，都从门缝往外瞧……

雌虎的一只前爪很深地扎入着一根木刺。那只爪已经脓肿得非常厉害了。老伐木工替它挑出刺，挤尽脓，敷了药，并包扎了药布。他这么做时，雌虎很配合，很乖顺。雄虎则围着踱来踱去，警惕地监视着，防范着……

以后，每隔数日，伐木工们便会发现有一行虎踪自远而近，又由近而远——门外，或留下一只死兔，或留下一只死狗……

我小学六年级时,还从一本少儿杂志上读到过这样一则关于虎的"逸闻"——苏联某科学家,在考察过程中独自遇到了一只虎。他正坐着吸烟,听到背后有不寻常的响动。一回头,一只虎已经悄悄走近了他,近得只距他五六米了,逃跑根本来不及。他镇定未慌,注视着虎,掏出口琴,以若无其事之状吹起来。虎迷惘了,困惑了,卧下了,也研究地注视他。口琴声一停,虎便站起接近他。他只得又吹。虎经几起几卧,接近到了他身旁。他则衔琴而舞。边吹,边舞向一棵大树。虎亦步亦趋,寸步不离。他舞至树下,虎也跟至。他壮着胆子将口琴塞入虎口。趁虎玩口琴,他攀上了树。虎终于玩得索然,仰头望他一会儿,怏怏而去……

虎一被列入被重点保护的珍稀动物,关于虎其实并不吃人的"科学"言论也就多起来了。我相信某些人虎相遇,虎未伤人的事。但我认为那肯定是个别之事,是人的侥幸,比如以上二例。而更多的情况下,据我想来,人若手中无枪,甚至连武松闯景阳冈时所提的哨棒也没有,并且所遇是一只饿虎,那么,十之八九,人的下场是很悲惨的。

我更能接受虎吃人的说法。

但是人虎不期然地相遇的情况毕竟太少了。而人谋杀虎的情况太多了。所谓"兽死于皮",皮一珍贵,再凶猛的兽,对人而言,谋杀之易都不在话下了。

我属牛。从电视里,报刊上,几次见过人将活牛推入虎园,供虎扑食的事。人说:"这是为了虎的生存,培养虎的凶猛本能。"人做什么事都是能找出堂皇的理由的。我却认为，不仅是为了虎的生存，也还是为了人的看。那一张门票不是很贵的么？倘不以活牛喂虎，看的人会那么多么？门票归门票，牛价是另算的。成牛三千，幼犊一千。只买得起门票的也只能看看虎，买得起牛的才有幸观看猛虎食牛，这常使我心生某种怜类之悲。许多事，在中国都变得有点儿邪。尽管如此，我觉得非虎的过错。对虎还是保持着三分敬意。乃因——虎也是可以被驯来表演马戏的，但虎的表演不失起码的自尊。狗表演得出色，驯兽员便不失时机地往狗嘴里塞糖，于是狗作揖。对狗，我其实也是心怀敬意的。我敬军犬的忠诚，敬猎犬的勇敢，敬牧羊犬的"尽业"，敬"代目犬"对人的服务精神，敬看家犬的不卑不亢，甚至，敬野狗对自由的选择。我不喜欢的只有两类狗——宠物犬和马戏场上的表演犬。它们之间的区别不大。前者表演给少数人看，后者表演给众多的人看。狗一表演，就不太像狗了，像猴了。

　　猴嘴里被塞了糖，马戏场上的表现尤其乖。熊也那样。海狮更不例外，一条小鱼足以使它表演起来乐此不疲。但没见过驯兽员在虎表演之前或之后，往虎嘴里塞东西。这方式对虎不灵。驯兽员迫虎表演，靠的是电棍和长鞭。你看虎表演，总不难看出它是多么的不情愿。狗、猴、熊、海狮，都会为得到一口吃的而反复表演。在马戏场上，虎也不得不表演。但虎绝不肯反复表演。吃的、电棍和长鞭，都不可能迫虎反复表演。虎为生存而表演，虎不至于为取悦而表演。

　　虎宁肯在笼子里，其实不情愿上表演场。狗、猴、熊、海狮，却宁肯在表演场上按驯兽员的口令一遍遍不厌其烦地表演同一节目。那时它们嘴中有物嚼着,体会着区别于笼的快活。

而虎宁肯要笼中的自由。

我敬虎的不可彻底驯化的尊严。

我敬那名敢于为虎爪除刺的老伐木工,也敬那名临危不惧的苏联科学家。

据我想来,人与时代的关系,似也可将人与虎的关系来比。

时代也是不可被彻底驯化了像狗、像猴、像熊、像海狮那样完全按照人的示意反复为人进行表演的。

每一个时代都有它的虎气。

人的猴气一重,时代就张扬它本身的虎气。时代的虎气一旦强大于人应具备的虎气,人就反而陷入了被迫表演的误区。中国目前的表演太多了。

"猛虎啸于前而不色变,泰山崩于后而不心惊"——虎年之中国人,或该开始蓄备如此定力?

第 二 辑

确乎地,当年哈尔滨市的那一地带,虽然属于城市的一个地带,但是却更像乡村。

小街啊小街

一

其实,此文题并非初衷。我原本要起的,是"小街无语"或"小街断想"之类。然而,落笔现字,却觉意犹未涵。沉思默想,几经斟酌,仍难确定。于是,只有"啊"。

中国许多城市中的许多小街,早已先后在"城改"中名存实亡。城市旧貌换新颜,乃近二十年来的发展成就,造福祉于百姓,其好甚大。对那些简直就是贫民窟的小街的消失,若竟生什么凭吊似的感慨,除了说明文人的矫情,再并不能说明别的什么。

但我还是很有些感慨。若别人们认为便是凭吊,我也无言可辩。

有时想来,每个人的一生,可以由多个方面来划分阶段。比如年龄阶段;比如婚前婚后;比如从事这种工作以前从事那种工作以后等等。

然而我的人生,确切地说,我的城市人生,也可以由三条小街来划分的。其一曰安平街；其二曰光仁街；其三曰健安西路。

我的五十七年的生命，除了下乡六年，大学三年，在原北京电影制片厂院内的一幢老旧的筒子楼里住过的十一年——总共二十年，另外三十七年，只不过被三条小街全部占有了去。或换一种说法，被三条小街牢牢地拴住了。或再换一种说法，与三条小街发生着命里注定似的人生关系。

人生竟也是如此简单的一种加法。

我心难免因而愀然。

"啊"，主要是由此而发的。

先说安平街——它是半个多世纪以前的哈尔滨市边角地带的一条小街。岁月催人老。我竟讲起半个多世纪以前的事了，且是自己的人生的一部分，不由得感慨。

在半个多世纪以前，在哈尔滨市的那一处边角地带，数条小街曾以"非"字型存在。一条纵的有缓坡的较宽的土路，将分别叫安平街、安心街、安宝街、安国街、安顺街、安达街等六条小街排列两旁。我已经记不清哪一条土路叫什么路了，更无法确切地说出安平街是它的六小"横"中的哪一"横"。

安平街长约五六百步。街路自然也是土路。在当年的哈尔滨市的边角地带，几乎一切的街路全都是土路。安平街宽三十余步。无论与南方某些城市里的小街相比，还是与哈尔滨中心区的某些小街相比，它实在算得上是一条够宽的小街了。这乃因为，居住在那一带的哈尔滨市的先民，其实没几户是中国人家。十之八九是前苏联

"十月革命"之后流亡中国的老俄国的侨民,被红色政权所不容的那样一些老俄国人。苏联的电影《列宁在十月》中,有一段列宁和他的贴身卫士瓦西里的对话是这样的——

瓦西里:我们起初想把那些地主富农全都杀掉……

列宁:唔?……

瓦西里继续读他的农村老乡写给他的信:但我们又一想,那样做太不人道了。我们革命者是应该讲人道的。所以我们将他们赶跑了……列宁:唔?赶到哪里去了?瓦西里:我们将他们一直押到边境,赶到别的国家去了……列宁:对!这样做很对。这一封信写得很好啊。很有水平啊!……列宁所称赞的,并不是将自己国家的地主富农赶到别的国家去了有多么的对多么的好,而是竟没有采取一了百了彻底消灭的方式"把那些地主富农全都杀掉"。

而那"别的国家",主要便是中国。

老俄国的某些贵族们,在"十月革命"之风声鹤唳之前,便有不少逃亡到了哈尔滨。他们从国内所带出的金银财宝,足以使他们在当年的哈尔滨继续过着富有的准贵族的生活。在哈尔滨市的道里、道外,南岗三大中心市区,他们兴建楼宅,投资商场,依旧活得来劲儿。道里区的所谓"外国头道街"至"十二道街",亦即现在成为步行街的"中央大街"及两旁的街道上一幢挨一幢的美观的俄式建筑风格的楼房里,所居住的便是他们。至于从老俄国逃亡出来的一些小地主和富农,他们挤不进本国逃亡出来的贵族们在哈尔滨市占领了的地盘,便只有在城市边角地带重建家园。我想,有些事,他们肯定是共同出资，比较齐心协力地来做的。否则，当年遗留下来的那些街路，断不会那么的宽，那么的直，那么的平坦。那起初显然是经过压道机反复碾压过的一些沙土混合而成的街路。路面两旁有排水沟。沟宽约一米，其上铺木板。下雨天，人若怕弄脏了鞋，是可以走在排水沟的木板上的，就像走在人行道上。如果谁穿的是后跟钉了铁钉的皮鞋或靴子，走在其上，木板也会发出空洞造成的声音，挺好听。在两道排水沟的内侧，无一例外地是围在各式各样的窗前的大小花园。俄国人，现在又应该这么称呼他们了——他们对于家宅的窗，是很讲究的，每一扇都具有审美的特征。尤其早晨，当一扇扇美观的护窗板对开以后，仿佛一册册装帧美观的书翻开了。俄国人也是喜欢花的，有些花，比如被哈尔滨人叫作"扫帚梅"的一种其茎能长到一人多高的好看的花，据说就是由他们将花籽带到哈尔滨的。"扫帚梅"开有红、白、粉三色，是一种根本无须侍弄的花。只要哪一年在哪一处地方曾生长出几株，那么来年那地方准会开出一片来。它是一种哈尔滨人特别熟悉也特别喜欢的花。

　　当年那些俄国人的家都是独门独院的。有的院子大到如同小学校的操场。依我想来，那些俄国人家大约是逃亡出来的地主吧？他们的院子里甚至有马棚，有漂亮的带顶罩的俄式马车和高大的洋马匹。而那些院子较小住宅也较小的人家，则大约是从老俄国逃亡出来的富农。富农之所以是农也富，几乎全靠了比贫农多一些土地。大抵，他们仅富在农业产品的秋后拥有方面。一旦离开了曾属于他们的土地，他们往往也就不再富了。富农这一概念和富人的概念是很不同的。估计他们当年没有多少钱财能从老俄国带出来。老卢布作废了，他们当年确有些钱也都成了废纸。所以他们当年不能在哈尔滨过上食积服蓄而又高枕无忧的日子。他们必须为他们的生活做些事情。然而他们是农民出身的人，不会什么可以依赖着挣钱的手艺和技能。于是他们在不甚大的院子里养奶牛、奶羊，或养兔和鹅。在老俄国爆发"十月革命"的前后，当年中国哈尔滨市的那一地带，基本上是他们那样一些逃亡到中国的俄国人的居住地，或曰避难所。哈尔滨市的那一地带的人居状态，实际上是一种俄罗斯的乡村情形。

借助于苏联的出兵，黑龙江省在一九四七年就已经"光复"了，比全中国的解放提前两年。黑龙江省"光复"之前，一批俄国人又仓皇地继续逃亡到蒙古国去了。"光复"后，在苏联的要求之下，也有一批被遣送回他们本国去了。那时，才有些中国人家开始定居在那一地带。许许多多带大小院子的俄式房屋由他们的主人贱卖，或由哈尔滨市的有关官员监督着进行公开的拍卖。当年买一处独门独院的不十分大却也绝不算小的俄式住房，那价格真是便宜到了今天的中国人难以想象的程度。这是一个千载难逢的好机会。在当年，闯关东的人家，借钱也要买下一处家园了啊。机不可失，失不再来啊。一户人家买不起一处宅院，便几户人家合着将这买下来。原先认识不认识，已经变得不重要。便宜到什么程度才是下决心的前提。更有那富人家，趁机广置房产，租给终究还是买不起住房的穷人家。

及至我两三岁时，也就是一九五一年一九五二年前后，哈尔滨市的那一地带，人家已经变得相当稠密了。从前一户俄国人住的院子，至少已经住着两三户中国人家了。有的房屋多的大院子，甚至住着十一二户人家。街名，也是在那一时期取定的。

两三岁的我开始记事了。我的家住在安平街十三号。那是一个长方形的大院，包括我家在内住着八九户闯关东来到哈尔滨的人家，皆山东各县的人家。整个院子是由一户人家买下的，邻居们都是租住户。我家住着院子最里边的一处小房屋，两间。大间十五六米，小间十一二米。还有一个五六米的护门小屋，哈尔滨人叫"门斗"。虽是俄式房屋，但毕竟相当老旧了。当年我家五口人：父亲，母亲，哥哥，我，和刚出生的三弟。

在我的记忆中，那是我家的一段相对幸福的日子。父亲才三十几岁，身体强壮；哥哥学习很好，特别懂事又特别有礼貌。母亲呢，她是那么的勤劳。征得了房东的同意，居然在自家屋后养了两口猪。

安平街上，依然有几户俄国人家住着。安平街上的俄国教堂，每天早晨依然会有大钟敲响。教堂的院子与我家所住的那个院子，仅仅由一道木板障子隔着。两个院子都是安平街上最大的院子。

在我的记忆中，每天早晨大钟敲响以前，先是远近雄鸡的啼鸣；大钟敲响以后，该听到一串串的俄语。或男人的声音，或女人的声音。那几户俄国人家，要趁早遛遛他们养的奶牛或奶羊。就像如今养宠物狗的人家遛狗那样。他们的牛羊如果不每天走走，大约是会被圈出病来的。他们倒也比较懂得公德，带着撮子和铲子，会将牛羊粪干干净净地铲起来。如果他们不那样，街道组长便会找上门去，严肃地批评他们。街道组长的批评对于中国人家并不是一件值得不安的事。有时不服，与之顶撞的情况是经常发生的。但对于那几户俄国人，街道组长的批评是必须认真对待的事，他们往往显出诚惶诚恐的样子。总之样子肯定是那么一种样子。内心里如何，则就不得而知了。他们在中国住久了，听和说中国话，都已基本上不成问题。套用今天我们中国学生英语考级来比喻，说他们都差不多具备四级汉语的听说水平，大概不算是夸张。

六点到六点半时，如果是夏天，如果那时我醒了，可以听到院子里的男女大人在互相打招呼。互相打招呼的男人，大抵又同时是在家门前漱口、洗脸。家家户户的门前都有一张简陋的长凳，或者有一块被砖石垫高的长木板。它的功用就是专为放脸盆全家人在外边洗脸。夏天的晚上，一家人往往也会坐着它把脚都洗了……

七点到七点半之间，院子里和街上便会接连不断地响起自行车清脆的铃声——那是家家户户的男人们上班去了。哈尔滨市的这一地带当年没有工厂，男人们都要到别的区域去上班。当年公共交通路线也没有通到这一地带，自行车对于男人们是必不可少的。当年国产的自行车或许还没生产出来，他们骑的皆是二手的外国牌子的自行车。日本造、俄国造或德国造。那是外国人仓皇而去之前卖给中国人的，据说有时便宜到和一件旧衣服的价格差不多。男人们很在乎他们的车铃响得清脆不，那似乎意味着体现他们阳刚之气的一部分。

父亲们上班去了以后，院子里随之出现是学生了的孩子们的身影。他们在上学之前须将家里的尿盆倒了，那通常是他们的家庭义务。等他们也上学去了,女人们才终于有空从家里走出到院子里。街上的每个院子里自然都会有一处公共厕所。女人们一出家门,往往的,径直便向厕所走去。她们便在那时相互说些话,无非是"上班的打发走了吗?"或"全家都吃过吗?"——倘厕所里有人,两个女人便会在厕所外继续说话。厕所里的人一出来,两个等着的女人之间还会互相礼让一番……

"你先,你家有老人。"

"你先嘛,你家不是活多嘛!"

如今回忆起来,那情形是很好笑的。

而几分钟以后,便有胖胖的俄国"玛达姆"推着小车逐院卖牛奶了。有时,卖牛奶的也会是一个漂亮的俄国姑娘。我们的母亲们,往往会一起逼着漂亮的俄国姑娘唱歌跳舞。都说,否则不买牛奶。那是她们的一乐。俄国姑娘只得唱和舞。而孩子们一听到歌声,便争先恐后跑出家门围着看。那是我们孩子最初的文娱欣赏。

一个来小时以后,也就是上午九点钟左右,院子里也罢,街上也罢,归于平静。

那一种平静,是今天的城市里人所无法想象的,也是今天的城市里人所梦想奢望的。尤其街上,不但平静到没有任何声音,也会很长时间不见一个人影。

尽管人口密度已经大大地增加了,但相比于今天的城市,同样范围内的人口,那也还是少得多。

确乎地,当年哈尔滨市的那一地带,虽然属于城市的一个地带,但是却更像乡村。所谓都市里的乡村，中国都市里的俄国特征显然的乡村。

如今我一回忆起安平街，似乎还能闻到那一条小街的气息——家家户户临街的窗前那些小花园里各种花粉的气息；从某些人家的板障子后边将丫杈探向街上的榆树的气息；俄国人住的院子里散发出来的料草的气息；牛粪羊粪那一种潮湿的中药般的气息；还有泥土本身的气息……

如果是在雨后，一切气息混合了，时浓时淡的，细细的嗅闻，竟有点儿甜似的。即使是住在安平街上的一个瞎子，仅凭那气息，也会知道自己是走在安平街上的。比之于其他几条安字头的街道，安平街是格外具有气息的一条街。因为一处东正教堂在这一条街上；因为这一条街上临街的花园多，几乎无窗没有花园；还因为这一条街上始终住着几户俄国人，他们也始终养着牛、羊和马……

我在安平街上度过的学龄前的童年时期，乃是我人生中最快乐的时期。家里的生活尽管清贫，但在那个年代，无论大人还是孩子，对生活质量的要求是极低极低的。这样的人类自然是容易快乐的。我的回忆使我至今相信——如果说人类的不快乐有三分之二是由于清贫所至，那么也许有三分之一恰恰是由于对享受式的生活太过奢望而自造自加的烦恼吧？

我上小学以后，安平街几乎可以说是迅速地变成了一条老朽的街。另外几条安字头的街，亦是如此。首先是因为人口密度迅猛增加，这儿那儿，自建的小屋满目皆是了。它们占据了街道，街道变窄了。花园的面积是可以私下里成交卖钱的，所以街两旁的小花园也几乎全都不见了。街道两侧排雨水的水沟，成了众多人家倾倒泔水甚至屎盆尿盆的地方。人口密度迅猛增加了，街上却还没有盖起一处公共厕所。变窄了的街路，每年都向沟里塌土，有些沟就被塌土填满了。一到雨季，街路整段整段地被雨水终日浸泡，变得泥泞不堪了。而那些俄式的房子，斯时存在于中国地面上的岁月，大抵都有四五十年那么长久了。它们又普遍是些铁皮顶板泥结构的房子，每年都需进行维修的。它们的主人变换成清贫的中国人以后，又大抵是维修不起的……

在我读小学五年级时，最后的几户俄国人也被遣送回国了。教堂归公了。公家也不知该如何利用它的房屋和院子，所以任房屋闲置着，院子荒芜着，教堂钟楼上的钟，就再也没被人敲响过……

我上小学六年级时，安平街上兴建一座铁丝厂。教堂被拆除了。我们那个大院里的人家全都成了动迁户，先后搬走了，最后仅剩我家和隔壁的陈大娘家了。

院子是没有了。

那厂房盖盖停停，三年还没有完工。我家和陈家的房子，被建筑工地的垃圾堆四面包围，连条通向街上的路都没有了。那几年的夏季雨多，工地上到处挖地基坑，变成了一个又一个大水坑。坑里的水无处排流，连我家和陈家的屋里都渗出一尺多深的水来了……

厂方原本是想节省两处房子，不动迁我家和陈家的。陈大娘的丈夫早已去世，只她和两个女儿一个儿子；而我父亲，当年已到四川工作去了。"把我们两家的家院搞成了这样,却还不打算动迁我们,这明明是欺负我们两家没有和他们进行理论的男子呀!"好性情的母亲终于忍无可忍,生气了。生气了的母亲,在一个月里,代表陈大娘家,找了三次市委……

二

光仁街是一条宽仅七步半的小街。是的。宽,仅七步半。而且,是以一个少年的步子来度量的。倘它不叫"街",叫什么什么胡同,那就不能算窄了。但它明明是叫一条街。我和母亲第一次出现在那条街上时,母亲站在街的中央,左右扭头望望,踟蹰不前地说:"这条街,太窄了。"于是我就默默地迈步来量它,之后告诉母亲:"七步半。"我的意思是——七步半呢,不窄了。但我却希望母亲并不那么觉得。我已经陪着母亲看过几处地方的房子了。显然,铁丝厂的人认为,如果给我们家这样一户动迁户安排了一处说得过去的房子,那他们就太吃亏了,也太让我家占便宜了。所以我们去看过的房子,不是紧挨着肮脏的街头厕所,就是由铁道线边上的一些临时工棚马马虎虎改造的。终于看中了一处房子,母亲又主动让给陈大娘家。母亲这样做,我和哥哥也都是支持的。陈大娘对于我有如第二位母亲,我愿一辈子含辛茹苦的陈大娘晚年能住上较像样子的房子。然而我早已满腹怨言了。因为帮母亲拿这等大主意的本该是哥哥,可哥哥是中学里的学生干部,没时间,所以母亲只有每次拉上我给她做参谋。可我才是一名小学生，并不能实际地起到参谋的作用。在我看来，每一处住房都是我们全家应该立刻搬去住的，哪怕后窗对着厕所的门，哪怕一天要听无数次载货列车过往的噪音。因为我们的家早已不像是人家了，而更像一处被建筑垃圾包围着的两栖动物的穴。臭水淹了床脚，泡着炉壁，屋里搭着使人不至站在臭水里的踏板，我家的人可不很像水陆两生的动物嘛！我巴不得能早一天离开那样的穴。

然而母亲终究是一位母亲。肯定的，在她想来，那也许是她为全家选择一处住房的唯一一次机会，而且也将会是她这一辈子的最后一处家。她企图为我们全家人考虑得周到一些是理所当然的。

"儿子你看，那儿更窄了，街两边的人都开了窗可以隔街聊天了！"

母亲对光仁街表达着不中自己意愿的看法。

我反驳道："那又有什么不好？"

母亲又说："咱们从前的安平街多宽啊！"

我光火了，气不打一处来地抢白她："安平街是过咱们的吗？它再宽那也是从前！"

母亲瞪我一眼，不理我了，径自慢慢地往前走去，边走边左看右看的。分明的，街两旁低矮的东倒西歪的房屋，给她留下的是极其糟糕的印象。

然而光仁街十三号，却是一个不小的院子。院中的房子倒也齐整，起码不东倒西歪的。外墙都刷了白灰，窗框门框都刷了绿油。

那样的房子，在我眼里，简直够得上美观了。

母亲脸上终于露出了满意的表情。

她问我："你觉得这个院子怎么样？"

我说："好！"

母亲却说："也有一点不好。比街面低不少呢！夏天，街上的雨水肯定会往院子里流的。"

我又生气地说："看都搬来好多家了，别人家都不担心，怎么就你担心！"母亲复瞪我一眼，又不理我了。说那个院子不小，是相对于光仁街而言的。比起我家在安平街住过的那个院子，那还是小多了。院中公有的空地，只有前者的五六分之一。三面是住房，一面是各家各户的煤棚。有两扇对开的院门，门旁是公厕。全院只剩一处空房子了——两间。大间十五米，小间八九米，带门斗，前后窗。母亲在空房子里时，一个女人走出家门，主动和母亲打招呼。她家也是安平街上动迁过来的，和母亲认识。她说："要是看中了，趁早搬过来吧，正好咱们两家成了住一个院子的近邻。"母亲说："当家的远在外省，我得和孩子们商议商议。"我立刻说："妈，我同意！"那女人笑道："真是你妈的好参谋！"母亲看我一眼，也不由得笑了，还抚摸了我的头一下……就这样，我家从安平街搬到了光仁街。那时已是九月。穷家易搬。厂方给出了一辆卡车，仅一车就搬了个一干二净。我们在新家过的"十一"。里间外间都搭了床，全家六口分两张床睡，我从没睡得那么宽绰。母亲的心情也从没那么好过，脸上经常浮现着满足的微笑。"十一"那一天，她还有极好的情绪率领她的四儿一女逛了一次动物园。两个月后，冬季来临了。那一年的冬季可真冷啊！正是备战的年份，据说好煤都由国家储存起来了，供给居民冬季取暖的只不过是煤粉。不好烧，炉膛里的火总是半燃半熄的，往往连一顿大楂子粥也不易煮熟。那一个冬季，母亲和我们几个孩子全都被冻感冒过。春节的日子里，轮到了我发高烧。然而那我也还是在三十儿那一天晚上将地板刷了一遍。不是刷油，是用刷子蘸肥皂水刷裸纹的地板。终于又住上有地板的房子了，干吗不将它刷得清清洁洁的呢？发高烧又有什么呢？谁又没发过高烧呢？

尽管我们的新家冻手冻脚的，然而我们有珍藏的旧年画用图钉按在墙上；有母亲的巧手剪成的拉花悬在天花板上；所有的门两旁，还贴着哥哥用工整的毛笔字写的对联。初一邻居们相互拜年时，都夸我们的家里最有过春节的气氛。漫长的冬季总算挨过去了，母亲和我们对春天的到来显出异乎寻常的欢喜。五月份，大地一开始变得松软，我便向邻家借了一辆小推车，动员了两个弟弟，每天一放学就这里那里到处去发现黄土堆，挖掘了一小推车一小推车地往家里推。有时，要去到离家很远的地方。

七月，我小学毕业了。我和两个弟弟脱出了百余块土坯，并且它们都已经晒得干干的了。八月是我小学阶段的最后一次暑假。在这个月份里，我为我家的两间屋子盘成了两铺火炕。炕面和炕墙糊了一层又一层的旧报纸。我是瓦匠的儿子，那些活儿对我并非难事。试烧了几天，烟路通畅。母亲见我们那么能干，一高兴，手就松了，居然舍得了两元多钱允许我买了一盒油漆。我极为节省地用光了一盒绿色的油漆，于是两铺炕成了绿色的。我在盘火炕时，不小心弄穿了一面墙的墙根。其实也不能怪我不小心。那墙它实在太是一面骗人眼睛的墙了。原来，那院子本是一个加工纸盒的街道小厂。开不下去了，就被铁丝厂收购了去。把全院的房子草草伪装了一番，用以应付动迁的人家。我家的房子是最后一套，干那种活的人们更是应付了事，仅仅用些草绳就马马虎虎编了一面墙，里外抹上泥，人眼又怎么看得穿呢？我怕母亲发现了真相，后悔搬到这个院子里来。趁母亲不在家里的半天，把那堵墙根推倒，用剩下的土坯重砌起来。等母亲回到家里，我已大功告成。

九月，父亲回来探家了。父亲对我们的新家也很满意。新邻居们的关系相处得特别友好，这令父亲对生活产生了满心怀的感激。他说："等我退休了，能在这个院子里养老，岂不是我前世修来的福吗？"他对我盘的两铺火炕，也予以了郑重其事的表扬。他为我家的前后窗都围起了小院子。我家的房子虽然在全院是最小的，却因为是最把头的一套，前后窗前都有理属我家的空地。母亲向街坊要了几种花，而我趁夜从一所疗养院的院子里盗挖了一株檞树苗。于是我家前窗外有花，后窗外有树，使邻居们大为羡慕。

我们这一家的小百姓生活，似乎已开始过出了几分诗意。对于我的理解，幸福的生活似乎并非梦想了。

但父亲临走时却大发了一顿脾气——他不同意哥哥考大学，要求哥哥找工作。可哥哥却一心渴望上大学，母亲暗中支持着哥哥。

事情还惊动了校方，哥哥的班主任老师陪同一位副校长来到家里，批评了父亲一通。

父亲走的那一天，恰是哥哥大学考试的第一天。

哥哥谎说去找工作，没送父亲。

我代表全家将父亲送到了火车站。

父亲辩解似的对我说："爸开始老了，实在是没能力供一名大学生了啊！"

列车一开，我看到父亲眼中流下了泪……

我先收到了中学录取通知书；几天后哥哥收到了大学录取通知书；又过几天母亲被选为街道组长。

我家这一户新搬到光仁街上才一年的人家，因为母亲是街道组长，因为出了一名大学生，成了一户颇受尊敬的人家。对于哥哥考上大学，我一点儿都不奇怪。那是我预料之中的事。哥哥之善于学习，正如我之善于脱坯盘火炕。但母亲居然被选成了街道组长，却是我怎么也想不到的事。在短短的一年里，她怎么就赢得了几十户人家的好感呢？我百思不得其解。

那些日子里，母亲脸上经常浮现着微笑。我看得出来，她特有成就感。

对于我来说，我家的幸福生活，到来得是未免太顺利了呀。

那一年的冬季我家里温暖如春。

那一年的春节我把家粉刷了一遍，四壁滚上了好看的花样。我把我们小小的温馨的家当成了一个王国。父亲远在外地，哥哥上大学去了。我就是国王。我可以随心所欲地对我们的家施行美化性的改造，母亲只偶尔地"垂帘听政"。倘我不向她伸手要钱，母亲从不反对我的任何主张。

当年秋末，哥哥被大学里护送回来了——他患了精神病。

从此我家的生活不再有丝毫的诗性可言，幸福一去不复返。父亲和母亲，也永远地失和了。我想，他们可能一直到死，都谁也没有真正地原谅谁——父亲认为母亲支持哥哥考大学是绝对错误的；母亲则认为，哥哥得了精神病，纯粹是由于父亲施加给他的心理压力太大了……

弟弟妹妹们失去了欢乐……

我成了班级里学习成绩最差的学生……

又两年后，我为了替家里挣份钱，无怨无悔地报名下乡去了。依我想来，要治好哥哥的病，前提是得有钱。只有治好了哥哥的病，母亲脸上才会重现微笑；弟弟妹妹们才会重享欢乐；父母才会彼此和解；诗性才会回到我们的生活中来，幸福才会回到我们的生活中来……

我那时当然还不明白，精神病是无法根治的。

我下乡以后，从地理上讲，父亲离我是更遥远了。从心理上讲，我离父亲反倒像是更贴近了。因为我终于也和父亲一样，成了一个能够挣钱养家的人。而这正是我所梦寐以求的事情。

光仁街十三号，它成为我和父亲的共同的意识中枢。我和父亲每月各自将钱汇往这个地址。我们的目光，从东北边陲和西区的大山之间，共同关注着光仁街十三号——这个院子里有家啊！

我和父亲相见一面更难了。

父亲从四川回到哈尔滨市的光仁街十三号，竟往往需要六天；而我从北大荒回到光仁街十三号，一路顺利，不住店，那也得经历一个白天和一个夜晚。

我和父亲不容易在同一年的同一个月里请下探亲假。我和父亲见上一面特别的难了。

在我下乡的六年多里，光仁街一天比一天破落了。它的姊妹街光义街、光理街、光智街、光信街，也全都一天比一天破落了。因为那些街道，原本就不曾怎么像过街道的样子。新中国成立以前，那儿只不过有一处日本兵营、一处日本军妓馆，旁边是一幢日本军官们住的小二层楼。那么新中国成立以前，中国的老百姓谁敢在那儿安家呢？解放后才逐渐有老百姓建家院，从四面八方迁驻到那个被城市荒弃的地方。刚解放的老百姓，尽是一穷二白的老百姓。当初自建的家院有多么简陋可想而知。那些后来被文化人起了很文化的街名的街道，当初只不过是一种自然形成的家与家户与户屋与屋院与院的距离而已……

我上大学那一年，途经哈尔滨，在家里住了两天。那两天大雨中雨小雨接连不断，立体的光仁街笼罩在雨中；平面的光仁街浸泡在水里，像一只不知被雨水从哪儿冲过来却又被什么东西挂住了的破鞋子。

不少人家的房屋倒塌了。

我家也塌了一面墙。

我走时，我哭了……

"文革"后，两个弟弟一个妹妹成家了；父亲退休了；起先住五六口人的家，东接出几米，西盖出几米，成了四个家庭三代人共同拥有的一个阴暗潮湿的半地上半地下的窝。我自然是经常想家的。然而，一旦批下了探亲假，我又往往会愁眉不展。回到家里，可叫我睡哪儿呢？跟谁睡在一起呢？直到一九九六年，所有那些"光"字头的街道，才由市政府整合了各方面的资金，一举推平了。住在那一带的老百姓们，才终于熬出头了……

三

我现在住在健安西路原中国儿童电影制片厂的宿舍楼里，是一幢一九八四年盖的楼，可以算是一幢旧楼了。

我曾在北京电影制片厂院内的一幢危楼里住了十一年。那原是一幢小办公楼。未经改造便分给了北影的一些员工，家家户户都没厨房，都在走廊里占据一小块地方做饭，共用公厕。我有幸在那一幢楼里分配到一间十三平米的阴面房间。

儿子小学二年级时，也就是一九八八年十月中旬，我从北影调到童影，于是住进了一九八八年底还很新的单元楼房。其实，我主要是为了能使父母在有生之年享受享受住单元楼房的福气，才毅然决然地从北影调到童影的。

我对童影始终深怀感激。因为童影使我的愿望提前实现了，而且实现得比我的预期更加令我心满意足。事实证明我的决定完全正确——旧家具在新家里刚刚摆放稳定没几天，父亲便接到我的信又来北京了。那一年我已虚岁四十。那一年父亲已是七十七岁的老人。那一年健安西路还是一条白天晚上总是寂静悄悄的小街。那一年童影门前的马路上过往车辆还很少；学知路口那儿也没有立交桥；元大都土城墙遗址只不过是一道杂草丛生的土岗而已……

那一年的十二月份，父亲在我的新家病逝。作为新中国的第一代建筑工人，他终于在生命的最后五十几天里住上了楼房，尽管每一天都在单元楼房里忍受着癌症的疼痛。但他确确实实的是感到真是享了福了——一辈子从未享过的福。阳台，室内厕所，管道天然气，私家电话……一切使他觉得恍如置身梦境似的。

他曾对我说："如果我才六十几岁，也没生病，那多好啊！"

我第一次从我父亲的口中听到了一句非常留恋人生的话。

父亲那一句话令我大为愀然……

屈指算来，如今，我在健安路上已生活了十七个年头。

如今，元大都土城墙遗址已建成了海淀区最美的一处公园。虽然我一年三百六十几天里难得有几次去到公园里悠闲地散步，但一想到我是全北京住得离这一处公园最近的人之一，不由得不倍感幸运。隔窗而望，我能清楚地来数公园里一棵老杨树的叶片。十七个年头里，我眼见它一番夏绿秋黄，对它已是十分的稔熟，就像它是一位一天里见好几次面的老朋友。

前年的夏季，有天夜里，那老杨树被雷劈断了一杈小盆头般粗壮的斜枝，仿佛一个人被砍断了一臂，让我看着替它伤心。我以为它受了那么严重的撞击，只怕以后活不了多久了。没想到，今夏它那一树肥大的叶片更加油绿。断枝被锯掉后，反而显得树形美观了。

在哈尔滨，路是比街大的一个概念。路，普遍地很长，较宽。而街，只要区别于胡同就算是了。比如光仁街那类街，人们并不会认为它不该叫街。

所以我总觉得，健安西路之谓路，实在是有些名不副实的。当我将它与长安街相比时，尤其觉得它作为"路"，未免太袖珍了。故凡是初来我家的人，我总是会在电话里这么解释："那只不过是一条小街。"

是的，健安西路，只不过是一条小街罢了。严格地说，又只能算是半条小街。因为它的另一端是被院落堵死了的。它的一边，依次是童影的一幢宿舍楼、北影的两幢宿舍楼和总参干休所的两幢宿舍楼。都是八十年代初建成的。而它的另一边，自然便是著名的元大都土城墙遗址了。包括两边的人行道，此路宽约十四五米。

从电影学院和童影（现在是电影频道）门前那一条马路上拐入这一条小街，第一个小街的标识是一家饭店。它已易了几次主人。每易一次，改一次名。现在的店名是"咱家小吃"。它旁边是一家规模很小的洗浴中心。但起了一个特雅的名——"伊丽尔美容美发休闲中心"。既然叫作"伊丽尔"，也就只有谢绝男士入内了。我家刚搬到这条小街上住时，"伊丽尔"的原址便是类似的地方了，但那时叫"清水大澡堂",曾是个吸引不少男人光顾的地方。不管叫作什么,我从没进入过。

对我这个人而言,最佳的休闲方式乃是关了电话,卧床看书。或美睡一大觉。倘不靠安眠药,后一种享受对我已不可能。然静静地躺在床上,闭目养神,我也很惬意。至于洗澡,除了开会住宾馆时,我一向只习惯于在家里。

在"伊丽尔"的旁边,是"禾谷园",快餐店的一处分店;其旁是一家杂货铺;再旁是影协表演艺术学会办的培训学校;又旁是一家小餐馆;最左边是一家卖麻辣串和烧烤的小铺面……

所有那些商家的招牌首尾相连,组成一列,但总长也不过二十几米。表演艺术培训学校的招牌恰居其中,给人一种"鹤立鸡群""出类拔萃"似的印象;也给人一种艺术之神沦落风尘似的印象。在那些招牌的下面和店铺的门前,还有二三处卖水果卖菜蔬的摊床。

对我而言,它们便是家门口的"商业区"了。我的绝大部分日常商品需求,赖于它们的存在。除了"禾谷园",它们的主人,多是靠小本生意来京谋生计的男女。而表演艺术培训学校的学生们是他们的"上帝"。倘若不然,仅靠我一家所在的小区的居民们的消费指数来支撑的话,大约皆会倒闭的。

而那些表演艺术培训学校的学生们,大抵是每年报考电影学院的落榜生。依我想来,培训学校是他们的临时收容所。他们无不希望经过培训,获得点儿经验,重振信心,来年再参与激烈的竞争。他们中某些男孩和女孩,也还算有几分姿色和帅气。这又使他们仿佛有那么几分准明星似的自我感觉。好像说不定哪一天，一旦时来运转，自己便会是明星无疑了。他们中有些孩子，自然是女孩子，竟是拥有跑车的。那使她们在自我感觉方面更良好了。

每每地，看见那些孩子们，我便会庸人自扰一厢情愿地替他们也替他们的家长倍感忧郁。因为他们的文化水平，想来仅在初中的程度。万一将来当不成明星，长久的人生不知还能转向何业？但我内心里有时是对他们心存感激的。许多青春期的脸庞和身影出现和活动于某一小区，无疑地会使某小区"活力在线"——在视线。否则，我经常所见，将十之七八是老年人的寂寞脸庞和蹒跚身影……

我在"禾谷园"常与那些孩子隔案用餐。有时我还会看到他们的父母。那些外省市的父母们望着自己儿女们的目光充满爱意和希冀。天下父母之心的仁慈溢于言表，每使我大为感动。感动之余，自亦感慨多多。

我还经常在"禾谷园"发现电影频道的领导人士和员工们。我认识的后者较少，但身居领导层的人士，皆与我稔熟，也可以说皆与我有着友好的关系。

我们相互看见了，总是会端着盘子碗往一块儿凑。所谓同类相吸，边吃边聊，话题也总是离不开电影和电视。我从他们口中能获得不少关于电影和电视的最新信息。也常能从他们口中听到真知灼见和新颖观点。那时，我忍不住会说："等等，再说一遍。"

他们便笑我认真。如果说某些招牌是该小区的标识的话，那么有一个人物也是该小区的"标识"，便是在我家所住的那幢楼边上修自行车的人。我不知他多大年纪了。也许该有三十五六岁了吧？甚或，年龄还要大些也说不定的。他身材挺高，将近一米八，也挺壮，肩圆背厚的。据我所知，他还单身着。又据我所知，他的父亲是北影的一名老制景木工，早已去世了。他的母亲有没有工作我不清楚，但我听说她身体不怎么好。修自行车的人与母亲相依为命。修自行车是他养活自己和母亲的唯一收入。我曾问过他的收入情况，他说平均下来每月七八百元。又每笑道："还能勉强维持生活。"他的笑，绝非苦笑。他这个人，只要一和人说话，便笑。那么可以说他是一个很爱笑的男人。但我却从没见他苦笑过。他总是一个大男孩般天真而又无邪地笑。无论春夏秋冬，我从没见他穿过一件较像样子的衣服。没人修自行车时，他便安安静静地坐在一块石头上看小报。与对面的摊位相比，他所占的地盘更小。我家搬到健安路不久，他便是那两平方米不到的地盘的主人了。十几年来，他渐渐在我心目中形成了一种佛般的印象。北影厂家属区后门开在健安路上，每有"奔驰""宝马"一类名车驶来驶往。另一些人们的另一种生活，谁想装作浑然不知几乎是不可能的。

　　然而一切人生状况的巨大反差，似乎从来也没入过他的眼。他一向是那么的平静而又友善地看待周边的世相。天真而又无邪地笑对之，似乎便是"淡泊"二字的活的人体字形。是的，他常使我联想到"立地成佛"一词。我每欲得知他头脑里究竟有着怎样一种人生观。他既是一个人，我想，人生观必定也是有的吧？但我从来也没试探地问过他。他极敬我，每次看见我，都主动地微笑地打招呼。

我想,他肯定并不知道,我对他所怀有的敬意,远超过于他对于我的。他那一种据地数尺,甘事小技,总是笑度日子的心里定力,着实地令我自愧弗如。对于我,健安西路仿佛是一部经书,天天翻开在我面前,天天给我以点点滴滴的人生思索和启发。对于我,那修自行车的人,仿佛是我的一位教父。他经常以他的存在暗示我——人其实无须向人生诉求得太多。理当满足仍不满足的人,那也许是上苍在折磨他们的欲望……比起来,我在健安路这一条小街上居住的年头最长久。十八年——只比我的人生的三分之一少一年。它也是我所住过的最像样子的一条小街。我相信,以后它的路面和人行道重铺一次的话,更会是一条闹中取静的体面小街了。那么,我即使在这一条小街上终老一生,也算是上苍眷顾于我了啊!我想,所谓人生,看得再通透些,似乎也是可以这样来理解的——人在特定时空里的几个阶段的剪辑。对于大多数人,也不过便是三五阶段而已。还是往多了说……

窗的话语

当人的目光注视在另一个人的脸上，吸住它的必是对方的眼睛。是的，是吸住，而不是吸引住。也就是说，哪怕对方并不情愿你那样，你的目光还是会不由自主地那样。好比铁屑被磁石所吸，好比漂在水面的叶子被旋涡所吸。倘对方真的不情愿，那么就会腼腆起来，甚至不自然起来。于是垂下了头，于是将脸转向了别处，于是你立刻意识到了自己那样的不妥。如果你不是一个无理的家伙，那么你就会约束你的目光别继续那样……

当人走近一所房屋，或一幢楼，首先观看的，必是窗子。窗是房或楼的眼睛。从前的哈尔滨是一座俄侨较多的城市。在一般的社区，他们居住在院子临街的房子里。那些房子一律人字形脊。一律有延出的房檐。房檐下，俄式的窗是一道道风景。对小时候的我而言，具有审美的意义。我想，我对窗的敏感，大约也是儿童和少年对美的敏感吧？

普遍的俄式的窗，四周都用木板进行装饰。如同装饰一幅画的画框。木板锯成各式各样的花边，有的还新刷了乳白色的、草绿色的、海蓝色的、米黄色的、深紫色的或浅粉色的油漆，凸显于墙面，煞是美观。

俄式的窗带窗栅，但又不同于栅。栅是有间隙的。窗栅却是两块能开能合，合起来严密地从外面遮挡住窗的木板。不消说，那也是美观的。

于是住在房子里的人家，一早一晚多了两项生活内容——开窗栅和关窗栅。早晨开窗栅，它向窗的两边展开，仿佛一本硬封面的大书翻开着了。夜晚关上，又仿佛舞台的闭幕。窗栅是有专用的锁的。窗栅一落锁，如同带锁的家庭日记被锁上了。那时的窗，似乎代表着一户人家进行无声的宣告——从即刻起，那一人家要独享时间了。有的窗栅朽旧了，从裂缝泄出了屋里的灯光。而早晨窗栅一开，又意味着一户人家可以接待外人了。开窗栅和关窗栅，是孩子的义务。中国人家也有住俄式房子的。小时候的我，特别羡慕那些早晚开关自家窗栅的中国孩子，我巴望尽那么一种家庭义务，然我只有羡慕而已。我家住的破房子深陷地下。所谓窗，自然也被土埋了一半。破碎的玻璃，用纸条粘连着。想擦都没法擦。

我想，小时候的我，对别人家的窗的审美性观看，其实更是一种对温馨的小康生活的憧憬。其硬件是——一所看上去不歪不斜的小小房子。而它有两扇，不，哪怕仅仅一扇带窗栅的窗。小时候的我，对家庭生活的私密性，有着一种本能的，近乎神圣的维护意识。我不知它是怎么产生于我小小心灵中的。是别人家的带窗栅的窗，给予了我一种关于家的暗示么？

哈尔滨市的南岗区、道里区、道外区，是俄式建筑集中的区域。那些楼都不太高，二层或三层罢了。从前，它们的窗，是更加美观的，四周的花边更具有艺术意味。某些窗的上边，有对称的浪花形浮雕；或对称的花藤浮雕；或身姿婀娜的小仙女或胖得可爱的小仙童浮雕。"文革"中，基本都被砸掉了。

对于童年和少年的我，那些窗是会说话的，是有诗性的。似乎都在代表住在里面的主人表达着一种幸福感：看吧，美和我的家是一回事啊！

中国有一句话叫"以貌取人"。

我从不"以貌取人"。

更不会以服裳之雅俗而决定对一个人的态度。

但是坦率地说，我却至今习惯于从一户人家的窗，来判断一户人家生活的心情。倘一户人家的窗一年四季擦得明明亮亮，我认为，实在可以证明主人们的生活态度是积极乐观的。

我家住在一幢六层宿舍楼的第三层。那是一幢快20年的旧楼，我家住进去也有十几年了。我家是全楼唯一没装修过的人家，但我家的窗一向是全楼最明亮的，每次都由我亲自一扇扇擦个够。我终于圆了小时候的一个梦——拥有了数扇可擦之窗的梦。我热爱那一份家庭义务。起初我擦窗像猿猴一样灵活，一手扳着窗棂，一手拿抹布。手里是湿抹布，兜里是干抹布。脚蹬才两寸来宽的外窗台，身子稳稳的。看见的人便说："小心点儿，太玄！"我还敢扭头回答道：

"没事儿！"每次都那么擦上两三小时。后来不必谁提醒，从某一次起，我自己开始往腰间系绳子了。再后来系绳子也觉不安全了，于是装了铁栅。于我，其实非是为了防盗，是为了擦窗方便。现在，站在垫了板的铁栅上，我也变得小心翼翼的了，总担心连人带铁栅一齐掉下去。现在的我已不是十几年前的我了。我不得不暗暗承认我许多方面都开始老了。

哪一天我家也雇小时工擦窗了，我会悲哀的。

心情好时我擦窗，心情不好时我也擦窗。窗子擦明亮了，心情也似乎随之好转了。

我劝住楼房低层尤其平房的朋友们，尤其男人，尤其心情不好时，亲自擦擦自家的窗吧！试试看，也许将和我有同样体会。在生活中，有时我们花很微不足道的钱雇他人在最寻常之方面为我们服务，自认为很值。其实，我们也许是在卖出，甚而是贱卖原本属于我们的某种愉快。

我的一名知青战友，返城后，一家三口租住一间潮湿的地下室，一住就是十来年。他的儿子，从那地下室的窗，只能望见过往行人的形形色色的鞋和腿，于是画以自娱。父亲大为光火，以为无聊且庸俗。现在，他23岁的儿子，已成小有名气的新生代漫画家。

地下室的窗，竟引领了那孩子后来的人生。

我曾到过一个很穷的乡村，那儿竟有一所重点高中。据说学生只要进入了那所高中，就等于一只脚迈进了包括清华北大在内的重点大学的校门。冠其名曰重点高中，其实校园很小，教室和学生宿舍也旧陋不堪。令我惊讶的是，学生宿舍的所有窗几乎都从里面封上了。用的是厚塑料布加木条。

我问："这些窗……为什么是这样的？"

校长回答："这不冬天快到了么？我们江南没暖气，为保暖。"

我又问："夏天呢？"答："夏天也这样。山上鸟多，学生们需要的是寂静。"

"那……不热吗？"

"热当然是会热的。但如果窗是玻璃的，人就难免会往窗外望啊！我们的学生在宿舍里也习惯了埋头看书。学校要将窗安上玻璃，他们还反对呢！"

望着进进出出的学生们苍白的脸，我默然，进而肃然。他们的上进，依我看来，已分明的带有自虐的性质。我顿时联想到"悬梁刺股"的典故。窗代表他们，向我无言地诉说着当代中国穷困的农家子女们，鲤鱼跃龙门般的无怨无悔一往无前的志向。

我只有默默而已，只有肃然而已。

我以为，最令人揪心的，莫过于《卖火柴的小女孩》在大雪天冻死前所凝望着的窗了——窗里有使她馋涎欲滴的烤鹅和香肠，还有能使她免于一死的温暖。

我以为，最令人肃然的，是监狱的窗。在那一种肃然中，几乎一切稍有思想的头脑，都会情不自禁地从正反两方面拷问自己的心灵，也会想到那些沉甸甸的命题：诸如罪恶、崇高、真理的代价以及"一失足成千古恨"……

夜半临窗，无论有月还是无月，无论窗外下着冷雨还是降着严霜还是大雪飘飞，谁心不旷寂？谁心不惆怅？

窗在万籁俱寂的夜晚，似人心和太虚之间一道透明的屏障。大约任谁都会有"我欲乘风归去"的闪念吧？大约任谁都会起破窗而出，融入太虚的冲动吧？

斯时窗是每一颗细腻的心灵的框。

而心是框中画。

其人生况味，唯己自知。

窗是家的眼。

你望着它，它便也望着你。

沉默的墙

在一切沉默之物中，墙与人的关系最为特殊。

无墙，则无家。

建一个家，首先砌的是墙。为了使墙牢固，需打地基。因为屋顶要搭盖在墙垛上。那样的墙，叫"承重墙"。

承重之墙，是轻易动不得的。对它的任何不慎重的改变，比如在其上随便开一扇门，或一扇窗，都会导致某一天突然房倒屋塌的严重后果。而若拆一堵承重墙，几乎等于是在自毁家宅。人难以忍受居室的四壁肮脏。那样的人家，即使窗明几净也还是不洁的。人尤其忧患于承重墙上的裂缝，更对它的倾斜极为恐慌。倘承重墙出现了以上状况，人便会处于坐卧不安之境。因为它时刻会对人的生命构成威胁。

在墙没有存在以前，人可以任意在图纸上设计它的厚度、高度、长度、宽度，和它在未来的一个家中的结构方向，也可以任意在图纸上改变那一切。

然而墙，尤其承重墙，它一旦存在了，就同时宣告着一种独立性了。这时在墙的面前，人的意愿只能徒唤奈何。人还能做的事几乎只有一件，那就是美观它，或加固它。任何相反的事，往往都会动摇它。动摇一堵承重墙是多么的不明智，不言而喻。

人靠了集体的力量足以移山填海。人靠了个人的恒心和志气也足以做到似乎只有集体才做得到的事情。于是人成了人的榜样，甚至被视为英雄。一个再平凡不过的人，在自己的家里，在家扩大了一点儿的范围内，比如院子里，又简直便是上帝了。他的意愿，也仿佛上帝的意愿。他可以随时移动他一切的家具，一再改变它们的位置。他可以把一盆花从这一个花盆里挖出来，栽到另一个花盆里。他也可以把院里的一株树从这儿挖出来，栽到那儿。他甚至可以爬上房顶，将瓦顶换成铁皮顶。倘他家的地底下有水层，只要他想，简直又可以在他家的地中央弄出一口井来。无论他可以怎样，有一件事他是不可以的，那就是取消他家的一堵承重墙。而且，在这件事上，越是明智的人，越知道不可以。

只要是一堵承重之墙，便只能美观它，加固它，而不可以取消它。无论它是一堵穷人的宅墙，还是一堵富人的宅墙。即使是皇帝住的宫殿的墙，只要它当初建在承重的方向上，它就断不可以被拆除。当然，非要拆除也不是绝对不可以，那就要在拆除它之前，预先以钢铁架框或石木之柱顶替它的作用。

承重墙纵然被取消了，承重之墙的承重作用，也还是变相地存在着。

人类的智慧和力量使人类能上天了，使人类能蹈海了，使人类能入地了，使人类能摆脱地球的巨大吸引力穿过大气层飞入太空登上月球了；但是，面对任何一堵既成事实的承重墙，无论是雄心大志的个人还是众志成城的集体，在科学高度发达的今天，还是和数千年前的古人一样，仍只有三种选择——要么重视它既成事实了的存在；要么谨慎周密地以另外一种形式取代它的承重作用；要么一举推倒它炸毁它，而那同时等于干脆"取消"一幢住宅，或一座厂房，或高楼大厦。

墙，它一旦被人建成，即意味着是人自己给自己砌起的"对立面"。

而承重墙，它乃是古今中外普遍的建筑学上的一个先决条件，是砌起在基础之上的基础。它不但是人自己砌起的"对立面"，并且是人自己设计的自己"制造"的坚固的现实之物。它的存在具有人不得不重视它的禁讳性。它意味着是一种立体的眼可看得见手可摸得到的实感的"原理"。它沉默地立在那儿就代表着那一"原理"，人摧毁了它也还是摧毁不了那一"原理"，别物取代了它的承重作用恰证明那一"原理"之绝对不容怀疑。

而"原理"的意思也可以从文字上理解为那样的一种道理——一种原始的道理，一种先于人类存在于地球上的道理。因为它比人类古老，因为它与地球同生同灭，所以它是左右人类的地球上的一种魔力，是地球本身赋予的力。谁尊重它，它服务于谁；谁违背它，它惩罚谁。古今中外，地球上无一人违背了它而又未自食恶果的。

墙是人在地球上占有一定空间的标志。承重墙天长地久地巩固这一标志。

墙是比床、比椅、比餐桌和办公桌与人的关系更为密切的东西。因为人每天只有数小时在床上，因为人并不整天坐在椅上，也不整天不停地吃着或伏案。但人眼只要睁着，只要是在室内，几乎无时无刻看到的都首先是墙。即使人半夜突然醒来，他面对的也很可能首先是墙。墙之对于人，真是低头不见抬头便见。

所以人美化居住环境或办公环境，第一件要做的事便是美观墙壁。为此人们专门调配粉刷墙壁的灰粉，制造专门裱糊墙壁的壁纸。壁纸在从前的年代只不过是印有图案的花纸，近代则生产出了具有化纤成分的壁膜和不怕水湿的高级涂料。富有的人家甚至不惜将绸缎包在板块上镶贴于墙。人为了墙往往煞费苦心。

然而墙却永远地沉默着，永远地无动于衷，永远地荣辱不惊。不像床、椅和桌子，旧了便发出响声。而墙，凿它、钻它、钉它，任人怎样，它还是一堵沉默的墙。

我童年的家，是一间半很低很破的小房子。它的墙壁是根本没法粉刷的，也没法裱糊。再说买不起墙纸，只有过春节的时候，用一两幅年画美观一下墙。春节一过，便揭下卷起，放入旧箱子，留待来年春节再贴。穷人家的墙像穷人家的孩子，年画像穷人家的墙的一件新衣，是舍不得始终让它"穿在身上"的。

后来我家动迁了一次。我们的家终于有了四面算得上墙的墙。那一年我小学五年级。从那一年起，我开始学着刷墙。刷墙啊！多么幸福多么快乐的事啊！那年代石灰是稀有之物。为了刷一遍墙，我常常预先满城市寻找，看哪儿在施工。如果发现了哪儿堆放着石灰，半夜去偷一盆。有时在冬天，端着走很远的路，偷回来时双手都冻僵了。刷前还要仔细抹平墙上的裂纹。我将炉灰用筛子筛过，掺进黄泥里，合成自造的水泥。几次后我刷墙不但刷出了经验，而且显示出了天分。往石灰浆里兑些蓝墨水，墙就可以刷成我们现在叫作"冷色"的浅蓝色；兑些红墨水，墙就可以刷成我们现在叫作"暖色"的浅红色。但对于那个年代的小百姓人家墨水是很贵的。舍不得再用墨水，改用母亲染衣服的蓝的或红的染料。那便宜多了，一包才一角钱，足够用十几次。我上中学后，已能在墙上喷花。将硬纸板刻出图案，按在墙上；一柄旧的硬毛刷沾了灰浆，手指反复刮刷毛，灰点一番番溅在墙上；不厌其烦，待纸板周围遍布了浆点，一移开，图案就印在墙上了。还有另一种办法，也能使刷过的墙上出现"印象派"的图案。那就是将抹布像扭麻花似的对扭一下，沾了灰浆在墙上滚，于是滚出了一排排浪，滚出了一朵朵云，滚出了不可言状的奇异的美丽。是少年的我，刷墙刷得上瘾，往往一年刷三次。开春一次，秋末一次，春节前一次。为的是在家里能面对自己刷得好看的墙，于是能以较好的心情度过夏季、"十一"和春节。因而，居民委员会检查卫生，我家每得红旗。因而，我在全院，在那一条小街名声大噪。别人家常求我去刷墙，酬谢是一张澡票，或电影票……

后来我去乡下，我的弟弟们也被我带出徒了。

住在北影一间筒子楼的十年，我家的墙一次也没刷过。因为我成了作家，不大顾得上刷墙了。

搬到童影已十余年，我家的墙也一次没刷过。因为搬来前，墙上有壁膜。其实刷也是刷过的，当然不是用灰浆，而是用刷子沾了肥皂水刷刷干净。四五次刷下来，墙膜起先的黄色都变浅了……

现在，墙上的壁膜早已多处破了，我也懒得刷它了，更懒得装修，怕搭赔上时间心里会烦，亦怕扰邻。但我另有美观墙的办法。哪儿脏得破得看不过眼去，挂画框什么的挡住就是。于是来客每说："看你家墙，旧是太旧了，不过被你弄的还挺美观的。"

现在，我家一面主墙的正上方，是方形的特别普遍的电池表。大约一九八三年，一份叫《丑小鸭》的文学杂志发给我的奖品，时价七八十元。表的下方，书本那么大的小相框里，镶着性感的玛丽莲·梦露。我这个男人并不唯独对玛丽莲·梦露多么着迷。壁膜那儿只破了一个小洞，只需要那么小的一个相框。也只有挂那么小的一个相框才形成不对称的美。正巧逛早市时发现摊上在卖，于是以十元钱买下。满墙数镶着玛丽莲·梦露的相框最小，也着实有点儿委屈梦露了。她的旁边，是比"她"的框子大出一倍多的黑框的俄罗斯铜版画，其上是庄严宏伟的玛丽亚大教堂。是在俄罗斯留学过俄罗斯文学史，确实沾亲的一位表妹送给我的。玛丽莲·梦露的下方，框子里镶的是一位青年画家几年前送给我的小幅海天景色的油画。另外墙上同样大小的框子里还镶着他送给我的两幅风景油画，都是印刷品。再下方的竖框里，是芦苇丛中一对相亲相爱的天鹅的摄影，是《大自然》杂志的彩页，我由于喜欢剪下来镶上了。一对天鹅的左边，四根半圆木段组成的较大的框子里，镶着列维斯坦的一幅风景画：静谧的河湾，水中的小船，岸上的树丛，令人看了心往神驰。此外墙上另一幅黑相框里，镶着金箔银箔交相辉映的耶稣全身布道相。还有两幅是童影举行电影活动的纪念品，一幅直接在木板上镶着苗族少女的头像，一幅镶着艺术化了的牛头——那一年是牛年。那一幅上边是《最后的晚餐》，直接压印在薄板上，无框。墙上还有两具瓷的羊头，一模一样；一具牛头，一具全牛，我花一百元从摊上买的。还有别人送我的由一小段一小段树枝组成的带框工艺品，还有两名音乐青年送给我的他们自己拍的敖包摄影，还有湖南某乡女中学生送给我的她们自己粘贴的布画，是扎着帕子的少女在喂鸡。连框子也是她们自己做的。这是我最珍视的，因为少女们的心意实在太虔诚。还有一串用布缝制的五颜六色的十二生肖，我花十元钱在早市上买的，还有如意结，如意包，小灯笼什么的，都是早市上二三元钱买的……

以上一切，挡住了我家墙上的破处，脏处，并美观了墙。

我这么详尽地介绍我家一面主墙上的东西，其实是想要总结我对墙的一种感想——墙啊，墙啊，永远沉默着的墙啊，你有着多么厚道的一种性格啊！谁要往你身上敲钉子，那么敲吧，你默默地把钉子咬住了。谁要往你身上挂什么，那么挂吧，管它是些什么。美观也罢，相反也罢，你都默默地认可了。墙啊，墙啊，你具有的，是一种怎样的包容性啊！

尽管，人可以在墙上想写什么就写什么，想画什么就画什么，想挂什么就挂什么，想把墙刷成什么颜色就刷成什么颜色——然而，无论多么高级的墙漆，都难以持久，都将随着岁月的流逝渐渐褪色、剥落；自欺欺人或被他人所骗往墙上刷质量低劣的墙漆，那么受害的必是人自己。水泥和砖构成的墙，却是不会因而被毁到什么程度的。

时过境迁，写在墙上的标语早已成为历史的痕迹，写的人早已死去，而墙仍沉默地直立着；画在墙上的画早已模糊不清，画的人早已死去，而墙仍沉默地直立着；挂在墙上的东西早已几易其主，由宝贵而一钱不值，或由一钱不值身价百倍，而墙仍沉默地直立着；战争早已成为遥远的大事件，墙上弹洞累累，而墙沉默地直立着……

墙什么都看见过，什么都听到过，什么都经历过，但它永远地沉默地直立着。墙似乎明白，人绝不会将它的沉默当成它的一种罪过。每一样事物都有它存在着的一份天职。墙明白它的天职不是别的，而是直立。墙明白它一旦发出声响，它的直立就开始了动摇。墙即使累了，老了，就要倒下了，它也会以它特有的方式向人报警，比如倾斜，比如出现裂缝……

人知道有些墙是不可以倒下的，因而人时常观察它们的状况，时常修缮它们。人需要它们直立在某处，不仅为了标记过去，也是为了标志未来。

比如法国的巴黎公社墙。

人知道有些墙是不可以不推倒它的。比如隔开爱的墙；比如强制地将一个国家和一个民族一分为二的墙……

比如种族歧视的无形的墙；比如德国的柏林墙。

人从火山灰下，沙漠之下发掘出古代的城邦，那些重见天日的不倒的墙，无不是承重之墙啊！它们沉默地直立着，哪怕在火山灰下，哪怕在沙漠之下，哪怕在地震和飓风之后。

像墙的人是不可爱的。像墙的人将没有爱人，也会使亲人远离。墙的直立意象，高过于任何个人的形象。宏伟的墙所代表的乃是大意象，只有民族、国家这样庄严的概念可与之互喻。

一个时代又一个时代过去了，像新的墙漆覆盖旧的墙漆；一批风云际会的人物融入历史了，又一批风云际会的人物也融入历史了，像挂在墙上的相框换了又换。战争过去了，灾难过去了，动荡不安过去了，连辉煌和伟业也将过去，像家具，一些日子挪靠于这一面墙，一些日子挪靠于另一面墙……而墙，始终是墙。沉默地直立着。而承重墙，以它之不可轻视告诉人：人可以做许多事，但人不可以做一切事；人可以有野心，但人不可以没有禁忌，哪怕是对一堵墙……

鞋的话语

我无意间一扭头，蓦地看见了它——我指的是一只鞋。是的，它在那儿，在我斜对面，在秀瘦的漆黑的木架上。那是一只红色的高跟鞋，三道红色的条带，左二右一，交叉成了所谓鞋面。它的跟高约一寸半，名副其实的高跟鞋。看去典雅、美艳，如名贵的工艺品。我扭着头，目光一时被它吸引住。

售货员走过来，问要不要替我取下来仔细看。说是麂皮的，新到，卖得不错。价格也不贵，二百六十几元……

我说不必。谢过她，继续寻觅我要买的鞋。我曾穿过一双在早市上买的二十四元一双的皮鞋。穿了一年半，不久前鞋底横裂了。

我希望再买到那样的一双皮鞋，比二十四元贵，倘三十四元四十四元，也买。不过若一百几十元，我就犹豫了。于是我出现在这一家鞋城里，不知不觉地置身于鞋的墙垛之间。左右前后，都是鞋架，绕过来绕过去的还是鞋架，绕得我快有点儿晕头转向了。如同绕在由一排排鞋架形成的迷墙之间绕不出来，反而顾不上寻觅我要买的鞋了。倒是一只红色的高跟鞋,似乎瞬间引我终于离开"迷墙",并且一下子站到什么艺术陈列馆的门前了。起码,我的意识当时有过那么一种成功逃遁了的感受……

然而日后我将那么一种感受讲给朋友听时,他讥讽我道:"拉倒吧您哪,别把自己说得那么圣洁,动辄艺术不艺术的!事实毫无疑问的是——你当时的心理感受百分百是关于女人和性的!"

我乃凡夫俗子,我在这里坦率承认,当时,即我的目光蓦地被那一只红色的高跟鞋所吸引住的那几秒钟内,我由而联想到了女人的秀足、美腿、窈窕的身姿……但那确乎仅仅是几秒钟内的事。当我收回了目光,继续踱在一排排鞋架间时,头脑中于是产生了许许多多关于鞋的回忆和与弗洛伊德学说毫无关系的另外的联想:浮现出了一双双做鞋的手,浮现出了一双双穿各式各样的鞋子的男女老少的脚。在那似梦境的"电影"的片段中,也一次次叠印过了母亲做鞋子的手,一次次叠印过了我自己的穿着令自己害羞的鞋子的脚……

我从少年到青年时期,干脆说,在我这个男人曾经过的青春期,何曾穿过一双像样的鞋呵!《年轮》中那个用粉笔沾了唾沫将自己露在鞋窟窿外的大脚趾涂白的男孩儿,在此细节上写的是我自己;《泯灭》中那名中学男生,因两只脚穿了一双同边鞋,在雪地上留下了同是左脚跑步的脚印,所以引起了同学们的取笑,那也是中学的我身上发生的事。下乡前一年的冬季,我几乎到了没鞋可穿的地步,不得不穿一双极大的"毡疙瘩",就是电影和儿童图画上圣诞老人穿的那一种鞋。哈尔滨从前也是北方有名的大城市呵。在大城市，一名中学男生穿一双足可塞入自己四五只脚的那样的一种"毡疙瘩"走在去学校的路上，样子看上去多么的古怪是可想而知的……

鞋不同于衣裤。在从前的年代，若一户人家孩子多，排行小的弟弟妹妹反而不愁有旧衣裤穿了。因为裤子长衣服肥，是可以往短了往瘦了改做一番的，但鞋不行。无论是自己家做的还是买的，母亲们的手再巧，那也都是难以将一双鞋改小的。所以呢，老大穿小了的鞋，老二穿着却仍大。人脚并不随年龄明显地长。母亲们拿那样的一双鞋无计可施，又舍不得扔，便洗刷了晒干后保存起来，等小儿女们的脚长得够大了再给他们穿。两年三年后，那一双鞋的鞋口都变硬了。小儿女穿上，常常磨破了他们的脚。他们一向是不说的，忍着。等生生地磨出了茧子就不再觉得疼了。他们情知说也白说，徒惹母亲们内疚，不如不说。而年节前，父母又往往会私下里商议，他们的小儿女总穿哥哥姐姐的旧衣裤了，给小儿女买双新鞋吧。故从前的年代，一向一身旧衣的百姓人家的小儿女们，脚上却隔几年就会穿上一双新鞋。新鞋意味着是父母们对小儿女们的体恤。倘终究还是没买得起，母亲们就得为小儿女们做了。母亲们做成一双鞋太费事了。先要糊袼褙，就是将碎布角一层层用糨糊粘在一起。一层又一层，要叠十几二十几层，才可以一针针一线线纳在一起做成鞋底。故从前百姓人家的孩子，若很快穿破了一双母亲给自己做的鞋，内心里是觉得罪过的，是的是的，那是一种不小的罪过感。少年时期，我常受那种罪过感的折磨。

做鞋这件事与中国女人们的关系太悠久了。孟姜女千里寻夫的传说之民间唱本中,就有"我夫一去十载整,一双新鞋未穿成;我今做鞋二十双,一年两双把夫寻,不见不回还"。她悲切满怀的是,丈夫被拉丁的兵士拖走前,她竟没来得及为丈夫做好一双新鞋!从前中国女人哭悼亡夫时,每有话是——"临死前也没来得及再穿一双我做的鞋!"

三步一回头的"走西口"的男人们和连酸曲儿都不会哼一句的"闯关东"的男人们,行李卷中倘竟没有一双俗称"千层底、百衲帮"的鞋,那么他可真正是世界上最孤苦伶仃的男人了!那么意味着这世界上连个疼他的女人也是没有的了。

从某种角度而论,中国之革命的最后胜利,未尝不也是千千万万的男人用脚"走"出来的胜利。除了二万五千里长征,不知革命家们是否计算过,当年那些转战不停打江山的男人们,究竟走了多少来回的"八千里路云和月"。他们又穿烂了多少双鞋?从八年抗日战争到三年的解放战争——是几千万双还是几亿双?我曾读到过一首已故老诗人田间写于抗战时期的"标语诗",它是这样的:

回去,告诉你的女人,
让她做鞋子;
好翻山呵!
好打仗呵!

短短四段文字，包含了女人、鞋、大山和仿佛迫在眉睫的战事，以及虽没有写到一字，但使我们感觉得到一往无前视死如归的男人们的气概。世界上，像那样密切地将鞋和诗联系在一起的文字现象，从前大概是少有的吧？为什么强调从前呢？因为后来尤其是现在，广告业一经发达并且日新月异花样翻新，关于鞋的另类的传递性意味的文字现象，早已为世人所司空见惯。好比女人的超短裙，被中文译为"迷你裙"，你不能不承认也是多少有点儿诗味的。

但我仍想指出，在无论男人还是女人全身所穿戴的现代的一切常物中，鞋是最与其他不同的。唯有鞋，是离开着人体也仍具有立体形状的。连帽子也不能与鞋相比。挂着或放在平面上的一顶帽子，无论样式多么美观，做工多么考究，看去总还是有些呆板，然而鞋不同。尤其女人鞋，又尤其女人的高跟鞋，一双也罢，一只也罢，它不计摆放在什么地方，不计怎么摆怎么放着，从纯粹美学的原理去看，它都是具有符合"黄金切割之律"的形状美感的。除了女人的人体本身，试问有谁能再举出世上的某一种东西，自信地说其竟比一双造型美观的女鞋更为立体更为艺术化？

世世代代的中国女人为中国男人做鞋子，做得太久了呀，做得太苦太累了呀！那么，现在，无论中国男人们为中国女人设计多少种类的鞋子供她们选择了穿，都是应该的。这一种历史性质的总报答，要得。

年轻的妻子们：
回去，告诉你的男人，
让他陪你买一双鞋子；
好美足呀！
好跳舞呀！

第 三 辑

我是知青的年月,曾伐过木。在深山老林中,在三角帐篷里,在月隐星疏的夜晚,坐大铁炉旁……

我的梦想

当然，我和一切别人们一样，从小到大，是有过多种梦想的。

童年时的梦想是关于"家"，具体说是关于房子的。自幼生活在很小，又很低矮，半截窗子陷于地下，窗玻璃破碎得没法儿擦，又穷得连块玻璃都舍不得花钱换的家里，梦想有一天住上好房子是多么地符合一个孩子的心思呢？那家冬天透风，夏天漏雨，没有一面墙是白色的。因为那墙是酥得根本无法粉刷的，就像最酥的点心似的，微小的震动都会使墙上落土纷纷。也没有地板，甚至不是砖地，不是水泥地，几乎和外面一样的土地。下雨天，自家人和别人将外边的泥泞随脚带入屋里，屋里也就泥泞一片了。自幼爱清洁的我看不过眼去，便用铲煤灰的小铲子铲，而母亲却总是从旁训我："别铲啦！再铲屋里就成井了！"——确实，年复一年，屋地被我铲得比外面低了一尺多。以至于有生人来家里，母亲总要迎在门口提醒："当心，慢落脚，别摔着！"

哈尔滨当年有不少独门独院的苏式房屋，院子一般都被整齐的栅栏围着。小时候的我,常伏在栅栏上,透过别人家的窗子,望着别人家的大人孩子活动来活动去的身影,每每望得发呆,心驰神往,仿佛别人家里的某一个孩子便是自己……

因为父亲是新中国成立后的第一代建筑工人,所以我常做这样的梦——忽一日父亲率领他的工友们,一支庞大的建筑队,从大西北浩浩荡荡地回来了。父亲们以只争朝夕的精神,开推土机推平了我们那一条脏街,接着盖起了一片新房,我家和脏街上的别人家,于是都兴高采烈地搬入新房住了。小时候的梦想是比较现实的,绝不敢企盼父亲们为脏街上的人家盖起独门独院的苏式房。梦境中所呈现的也不过就是一排排简易平房而已。八十年代初,六十多岁胡子花白了的父亲,从四川退休回到了家乡。已届不惑之年的我才终于大梦初醒,意识到凡三十年间寄托于父亲身上的梦想是多么的孩子气,并且着实地困惑——一种分明孩子气的梦想,怎么竟可能纠缠了我三十几年。这一种长久的梦想,曾屡屡地出现在我的小说中,以至于有评论家和我的同行曾发表文章对我大加嘲讽:

"房子问题居然也进入了文学,真是中国文学的悲哀和堕落!"

我也平庸,本没梦想过成为作家的,也没经可敬的作家耳提面命地教导过我,究竟什么内容配进入文学而什么内容不配。已经被我很罪过地搞进文学去了,弄得"文学"二字低俗了,我也就只有向文学谢罪了!

但,一个人童年时的梦想,被他写进了小说,即使是梦,毕竟也不属于大罪吧?

现在，哈尔滨市的几条脏街已被铲平。我家和许多别人家的子女一代，都住进了楼房。遗憾的是我的父亲没活到这一天。那几条脏街上的老父亲老母亲们也都没活到这一天。父亲这位新中国第一代建筑工人，凡三十年间，其实内心里也有一个梦想，那就是——动迁。我童年时的梦想寄托在他身上，而他的梦想寄托于国家的发展步伐的速度。

有些梦想，是靠人自己的努力完全可以实现的，而有些则完全不能实现，只能寄托于时代的、国家的发展步伐的速度。对于大多数人，尤其是这样。比如家电工业发展的速度加快了，大多数中国人拥有电视机和冰箱的愿望，就不再是什么梦想。比如中国目前商品房的价格居高不下，对于大多数中国工薪阶层，买商品房依然属梦想。

少年时，有另一种梦想楔入了我的头脑——那就是当兵，而且是当骑兵。为什么偏偏是当骑兵呢？因为喜欢战马。也因为在电影里，骑兵的作战场面是最雄武的，动感最强的。具体一名骑在战马上，挥舞战刀、呐喊着冲锋陷阵的骑兵，也是最能体现出兵的英姿的。

头脑中一旦楔入了当兵的梦想，自然而然地，也便常常联想到了牺牲，似乎不畏牺牲，但是很怕牺牲得不够英勇。牺牲得很英勇又如何呢？——那就可以葬在一棵大松树下。战友们会在埋自己的深坑前肃立，脱帽，悲痛落泪，甚至，会对空放排枪……

进而联想——多少年后，有当年最亲密的战友前来自己墓前凭吊，一往情深地说："班长，我看你来了！……"

显然，是因受当年革命电影中英雄主义片断的影响才会产生这种梦想。

由少年而青年，这种梦想的内容随之丰富。还没爱过呢，千万别一上战场就牺牲了！于是关于自己是一名兵的梦想中，穿插进了和一位爱兵的姑娘的恋情。她的模样，始终像电影中的刘三姐。也像茹志鹃精美的短篇小说中那个小媳妇。我——她的兵哥哥，胸前渗出一片鲜血，将死未死，奄奄一息，上身倒在她温软的怀抱中。而她的泪，顺腮淌下，滴在我脸上。她还要悲声为我唱歌儿。都快死了，自然不想听什么英雄的歌儿，要听忧伤的民间小调儿，一吟三叹的那一种。还有，最后的，深深的一吻也是绝不可以取消的。既是诀别之吻，也当是初吻。牺牲前央求了多少次也不肯给予的一吻。二口久吻之际，头一歪，就那么死了——不幸中掺点儿浪漫掺点儿幸福……

当兵的梦想其实在头脑中并没保持太久。因为经历的几次入伍体检，都因不合格而被取消了资格。还因后来从书籍中接受了和平主义的思想，于是祈祷世界上最好是再也不发生战争，祈祷全人类涌现的战斗英雄越少越好。当然，如果未来世界上又发生了法西斯战争，如果兵源需要，我还是很愿意穿上军装当一次为反法西斯而战的老兵的……

在北影住筒子楼内的一间房时，梦想早一天搬入单元楼。

如今这梦想实现了，头脑中不再有关于房子的任何梦想。真的，我怎么就从来也没梦想过住一幢别墅呢？因为从小在很差的房子里住过，思想方法又实际惯了，所以对一切物质条件的要求起点就都不太高了。我家至今没装修过，两个房间还是水泥地。想想小时候家里的土地，让我受了多少累啊！再望望眼前脚下光光滑滑的水泥地，就觉得也挺好……

现在，经常交替产生于头脑中的，只有两种梦想了。

这第一种梦想是，希望能在儿子上大学后，搬到郊区农村去住。可少许多滋扰，免许多应酬，集中更多的时间和精力读书与写作。最想系统读的是史，中国的和西方的，从文学发展史到社会发展史。还想写荒诞的长篇小说，还想写很优美的童话给孩子们看，还想练书法，梦想某一天我的书法也能在字画店里标价出售。不一定非是"荣宝斋"那么显赫的字画店，能在北京官园的字画摊儿上出售就满足了。只要有人肯买，三百元二百元一幅，一手钱一手货，拿去就是。五十元一幅，也行，给点儿就行。当然得雇个人替我守摊儿。卖的钱结算下来，每月够给人家发工资就行。生意若好，我会经常给人家涨工资的。自己有空儿，也愿去守守摊儿，侃侃价。甚而，"老王卖瓜，自卖自夸"几句也无妨。比如，长叹一声，自言自语道："偌大北京，竟无一人识梁晓声的字的吗？"——逗别人开心的同时，自己也开心，岂非一小快活？

住到郊区去，有三四间房，小小一个规整的院落就是可以的。但周围的自然环境却要好。应是那种抬头可望山，出门即临河的环境。山当然不能是人见了人愁的秃山，须有林覆之。河呢，当然不能是一条污染了的河。至于河里有没有鱼虾，倒是不怎么考虑的。因为院门前，一口水塘是不能没有的。塘里自己养着鱼虾呢！游着的几十只鸭鹅,当然都该姓梁。此外还要养些鸡,炒着吃还是以鸡蛋为佳。还要养一对兔,兔养了是不杀生的,允许它们在院子的一个角落刨洞,自由自在地生儿育女。纯粹为看着喜欢,养着玩儿。还得养一条大狗。不要狼狗,而要那种傻头傻脑的大个儿柴狗。只要见了形迹可疑的生人知道吠两声向主人报个信儿就行。还得养一头驴,配一架刷了油的木结构的胶轮驴车。县集八成便在十里以外,心血来潮,阳光明媚的好日子,亲自赶了驴车去集上买东西。驴子当然是去过几次就识路了的,以后再去也就不必管它了,自己尽可以躺在驴车上两眼半睁半闭地哼歌儿,任由它蹄儿得得地沿路自己前行就是……当然并不每天都去赶集,那驴子不是闲着的时候多么?养它可不是为了看着喜欢养着玩儿,它不是兔儿,是牲口,不能让它变得太懒了,一早一晚也可骑着它四处逛逛。不是驴是匹马,骑着逛就不好了。那样子多脱离农民群众呢?

倘农民见了,定会笑话于我:"瞧这城里搬来的作家,骑驴兜风儿,真逗!"——能博农民们一笑,挺好。农民们的孩子自然是会好奇地围上来的,当然也允许孩子们骑。听我话的孩子,奖励多骑几圈儿。我是知青时当过小学老师,喜欢和孩子们打成一片……

还要养一只奶羊。身体一直不好,需要滋补。妻子、儿子、母亲,都不习惯喝奶。一只奶羊产的奶,我一个人喝,足够了。羊可由村里的孩子们代为饲养,而我的小笔稿费,经常不断的,应用以资助他们好好读书。此种资助方式的可取之处是——他们幼小的心灵中,完全不必念我的什么恩德,能认为是自己的劳动所得,谁也不欠谁什么,最好。

倘那时,记者们还有不辞路远辛苦而前来采访的,尽管驱车前来。同行中还有看得起,愿保持交往的,我也欢迎。不论刮风下雨下雪,自当骑驴于三五里外恭候路边,敬导之……

"老婆,杀鸡!"

"儿子,拿抄子,去水塘网几条鱼!"

如此这般地大声吩咐时,那多来派!

至于我自己,陪客人们山上眺眺,河边坐坐,陪客人们踏野趣,为客人们拍照留念。

将此梦想变为现实,经济方面还是不乏能力的。自觉思考成熟了,某日晚饭后,遂向妻子、儿子、老母亲和盘托出。却不料首先遭到老母亲的反对。"我不去。要去你自己去!"老母亲的态度异常坚决。我说:"妈,去吧去吧,农村空气多好哇!"老母亲说:"我一个八十多岁的老太太,需要多少好空气?我看,只要你戒了烟,前后窗开着对流,家里的空气就挺好。"我说:"跟我去吧!咱们还要养头驴,还要配套车呢!我一有空儿就赶驴车拉您四处兜风儿!"

老母亲一撇嘴:"我从小儿在农村长大,马车都坐得够够的了,才不稀罕坐你的驴车呢!人家的儿女,买汽车让老爸老妈坐着过瘾,你倒好,打算弄辆驴车对付我!这算什么出息?再者,你们这叫什么地方,叫太平庄不是么?哈尔滨虽够不上大城市的等级,但那叫市!你把我从一个市接来在一个庄,现在又要把我从一个庄弄到一个村去,你这儿子安的什么心?"

我说:"妈呀!那您老认为住哪儿才算住在北京了呢?你总不至于想住到天安门城楼上去吧?"

老母亲说:"我是孩子么?会那么不懂事儿么?除了天安门,就没更代表北京的地方了么?比如'燕莎',那儿吧!要是能住在那儿的哪一幢高楼里,到了晚上,趴窗看红红绿绿的灯,不好么?"

我说:"好,当然是好的。您怎么知道北京有个'燕莎'呢?"老母亲说:"从电视里呗!"我说:"妈,您知道'燕莎'那儿的房价多贵么?一平方米就得一万多!"她说:"明知道你在那儿是买不起一套房子的,所以我也就是梦想梦想呗!怎么,不许?"我说:"妈,不是许不许的问题,而是……实事求是地说……您的思想怎么变得很资产阶级了啊?"老母亲生气了,瞪着我道:"我资产阶级?我看你才满脑袋资产阶级呢!现在,资产阶级已经变成你这样式儿的了!现在的资产阶级,开始从城市占领到农村去了!你仗着自己有点儿稿费收入,还要雇人家农民的孩子替你放奶羊,你不是资产阶级是什么?那头驴你自己有常性饲养么?肯定没有吧?新鲜劲儿一过也得雇人饲养吧?还要有私家的水塘养鱼!我问你,你一个人一年吃得了几条鱼?吃几条买几条不就行了么?烧包!我看你是资产阶级加地主!……"

我的梦想受到老母亲严厉的批判,一时有点儿懵懂。愣了片刻,望着儿子说:"那么,儿子你的意见呢?"儿子干干脆脆地回答了两个字是——"休想。"我板起脸训道:"你不去不行!因为我是你爸爸。就算我向你提出要求,你也得服从!"儿子说:"你不能干涉我的居住权。这是违犯的。法律面前，父子平等。何况，我目前还是学生。一年后就该高考了！"我说："那就等你大学毕业后去！"他说："大学毕业后，我不工作了？工作单位在城市，我住农村怎么去上班？"智者千虑，必有一失，这个问题我还真没考虑。儿子不去农村，分明有正当的理由。

我又愣片刻，期期艾艾地说："那……你可要保证常到农村去看老爸！我就你这么一个儿子，你有关心我的责任和义务！其实，对你也不算什么负担。将来你结婚了，小两口儿一块儿去！"

儿子淡淡地说："那就要具体情况具体分析，看我们有没有那份儿时间和精力了！"我说："去了对你们有好处！等于周末郊游了么！回来时，老爸还要给你们带上些新鲜的蔬菜瓜果。当然都是自家种的绿色植物！……"妻子这时插言了："哎等等，等等，梁晓声同志，先把话说清楚，自家种的，究竟是谁种的？你自己亲手种的么？……"老母亲又一撇嘴："他？……有那闲心？还不是又得雇人种！富农思想！地主思想！比资产阶级思想还不如！……"

我不理她们，继续说服儿子："儿子，亲爱的儿子呀，你们小两口每次去，老爸还要给你准备一些新下的鸡蛋，刚腌好的鸭蛋、鹅蛋！还有鱼，都给你们剖了膛，刮了鳞，收拾得干干净净的……"

妻子插言道："真贱！"

我吼她："你别挑拨离间！我现在要的是儿子的一种态度！"

儿子终于放下晚报，语气郑重地说："我们带回那么些杂七杂八干什么？你收拾得再干净，我们不也得做熟了吃么？我们将来吃定伙,相中一个小饭店,去了就吃,吃了就走,那多省事儿!"

儿子一说完,看也不看我,起身回他的房间写作业去了……妻子幸灾乐祸地一拍手:"嘿,白贱。儿子根本没领情儿。"我大为扫兴,长叹一声,沮丧地说:"那么,只有我们上了!"妻说:"哎哎哎,说清楚说清楚——你那'我们',除了你自己,还有谁?"我说:"你呀。你是我妻子呀!你也不去,咱俩分居呀?"妻说:"你去了,整天看书、写作,再不就骑驴玩儿,我陪你去了干什么?替你洗衣服、做饭?"我说:"那么点儿活还能累着你?"妻说:"累倒是累不着。但我其余的时间干什么?"我再次发愣——这个问题,也忽略了没考虑。我吭哧了半天,嗫嗫嚅嚅地说:"那你就找农民的妻子们聊天嘛!"妻说:"你当农民们的妻子都闲着没事儿哇?人家什么什么都承包了,才没精力陪城里的女人聊大天呢!只有老太太们才是农村的闲人!""那你就和她们聊……""呸!……""你们都不去,我也还是要去的!我请个人照顾我!""可以!我帮你物色个半老不老的女人,要四川的?还是河南的?安徽的?你去农村,我和儿子,包括咱妈,心理上还获得解放了呢!是不妈?"老母亲连连点头,"那是,那是……"我抗议地说:"我在家又妨碍你们什么了?"老母亲说:"你一开始写东西,我们就大声儿不敢出。你压迫了我们很久,自己不明白么?还问!"

我的脾气终于大发作,冲妻嚷:"我才用不着你物色呢!我才不找半老不老的呢!我要自己物色,我要找年轻的,模样儿讨人喜欢的,性子温顺的,善解人意的!……"

妻也嚷:"妈,你听,你听!他要找那样儿的!……"

老母亲威严地说,"他敢!"——手指一戳我额心:"生花花肠子了,啊?!还反了你了呢!要去农村,你就自己去!半老不老的也不许找了!有志气,你就一切自力更生!"

哦,哦,我的美好的梦想啊,就这样,被妻子、儿子、老母亲,联合起来彻底捣碎了!

此后我再也没在家里重提过那梦想。

一次,当着一位朋友又说——朋友耐心听罢,慢条斯理地开口道:"你老母亲批判你,没批判错。你那梦想,骨子里是很资产阶级!那是时髦呀!你要真当北京人当腻歪了,好办!我替你联系一个农村人和你换户口,还保证你得一笔钱,干不?"

我脸红了,声明我没打算连北京户口也不要了……

朋友冷笑道:"猜你也是这样!北京人的身份,那是要永远保留着的,却装出讨厌大都市,向往农村的姿态。说你时髦,就时髦在这儿……"

我说:"我不是装出……"

朋友说:"那就干脆连户口也换了!"

我张张嘴,一时不知再说什么好。

此后,我对任何人都不敢再提我那自觉美好的梦想了。

但——几间红砖房,一个不大不小的农家院落,院门前的水塘、驴、刷了油漆的木结构的胶轮车等等梦想中的实景实物,常入我梦——要不怎么叫梦想呢……

现在，我就剩下一个梦想了。那是——在一处不太热闹也不太冷清的街角，开一间小饭店。面积不必太大，一百多平米足矣。装修不必太高档，过得去就行。不为赚钱，只为写作之余，能伏在柜台上，近距离地观察形形色色的人，倾听他们彼此的交谈。也不是为了收集什么写作的素材。我写作不靠这么收集素材。根本就与写作无关的一个梦想。

究竟图什么？

也许，仅仅企图变成一个毫无动机的听客和看客吧！即毫无动机，则对别人无害。

为什么自己变得喜欢这样了呢？

连自己也不清楚。

任何两个人的交谈或几个人的交叉交谈，依我想来，只要其内容属于闲谈的性质——本身都是一部部书，一部部意识流风格的书，觉得自己融在这样一部部书里，觉得自己的存在毫无意义地消解在那样的，也毫无意义的意识流里，有时其实是极好的感觉。我的第二种梦想，与我对那一种感觉的渴望有关。经常希望在某一时间和某一空间内，变成一棵植物似的一个人——听到了，看见了，但是绝不走脑子，也不产生什么想法。只为自己有能听到和能看见的本能而愉悦。好比一棵植物，在阳光下懒洋洋地垂卷它的叶子，而在雨季里舒展叶子的本能一样。倘叶子那一时也是愉快的，我的第二种梦想，与拥抱住类似的愉快有关……

我的少年时代

怎么的，自己就成了一个四十多岁的人了呢？

仿佛站在人生的山头上，五十岁的年龄已正在向我招手。如俗话常说的——"转眼间的事儿"，我还看见六十岁的年龄拉着五十岁的手。我知道再接着我该从人生的山头上往下走了，如太阳已经过了中午。不管我情愿不情愿，我必须接受这样一个现实……

于是茫然地，不免频频回首追寻消失在岁月里的童年和少年时代。

我是一个穷人家的孩子。父亲是建筑工人，中国的第一代建筑工人。我六岁的时候他到大西北去了，以后我每隔几年才能见到他一面。在十年"文革"中我只见过他三次，我三十三岁那一年他退休了。在我三十三岁至四十岁的七年中，父亲到北京来，和我住过一年多。一九八八年五月他再次来北京，已是七十七岁的老人了。这一年的十月，父亲病逝在北京。

父亲靠体力劳动者的低微工资养活我和弟弟妹妹们长大。我常觉得我欠父亲很多很多。我总想回报，其实没能回报。如今这一愿望再也不可能实现了。

母亲也是七十多岁的老人了。在我的印象中，母亲就没穿过新衣服，我是扯着母亲的破衣襟长大的。如今母亲是很有几件新衣服了，但她不穿。她说，都老太婆了，还分什么新的旧的。年轻时没穿过体面的，老了，更没那种要好的情绪了……

小胡同，大杂院，破住房，整日被穷困鞭笞得愁眉不展的母亲，窝窝头、野菜粥、补丁连补丁的衣服、露脚趾的鞋子……这一切构成我童年和少年时期的物质的内容。

那么精神的呢？想不起有什么精神的。却有过一些渴望——渴望有一个像样的铅笔盒，里面有几支新买的铅笔和一支书写流利的钢笔；渴望有一个像样的书包；渴望在过队日时穿一身像样的队服；渴望某一天一觉醒来睁开眼睛，惊喜地发现家住的破败的小泥土房变成了起码像种样子的房子。也就是起码门是门，窗是窗，棚顶是棚顶，四壁是四壁。而在某一隅，摆着一张小小的旧桌子，并且它是属于我的。我可以完全占据它写作业，学习……如果这些渴望都可以算是属于精神的，那么就是了。

小学三年级起我是"特困生""免费生"。初中一年级起我享受助学金，每学期三元五，现在回想起来似乎是不可思议的事情。每学期三元五，每个月七角钱。为了这每个月七角钱的助学金，常使我不知如何自我表现，才能觉得自己是一个够资格享受助学金的学生。那是一种很大的精神负担和心理负担。用今天时髦的说法，"活得累"。对于童年和少年时期的我,由于穷困所逼,学校和家都是缺少亮色和欢乐的地方……

　　回忆不过就是回忆而已,写出来则似乎便有"忆苦"的意味儿。我更想说的其实是这样两种思想——我们的共和国它毕竟在发展和发达着。咄咄逼人的穷困虽然仍在某些地方和地区存在着,但就大多数人而言,尤其在城市里,当年那一种穷困,毕竟是不普遍的了。如果恰恰读我这一篇短文的同学,亦是今天的一个贫家子弟,我希望他或她能产生这样的想法——梁晓声能从贫困的童年和少年度过到人生的中年,我何不能?我的中年,将比他的中年,还将是更不负年龄的中年哪!

　　一个人的童年和少年,十分幸福,无忧无虑,被富裕的生活所宠爱着,固然是令人羡慕的,固然是一件幸事。我祝愿一切下一代人,都有这样的童年和少年。

　　但是,如果一个人的童年和少年不是这样,也不必看成是一件很不幸的事。不必以为,自己便是天下最不幸的人了,更不必耽于自哀自怜。我的童年和少年,教我较早地懂了许多别的孩子尚不太懂的东西——对父母的体恤,对兄弟姐妹的爱心,对一切被穷困所纠缠的人们的同情,而不是歧视他们,对于生活负面施加给人的磨难的承受力,自己要求自己的种种的责任感,以及对于生活里一切美好事物的本能的向往,和对人世间一切美好情感的珍重……

　　这些,对于一个人的一生,都是有益处的。也可以认为,是生活将穷困施加在某人身上，同时赏赐于某人的补偿吧。倘人不用心灵去吸取这些，那么穷困除了是丑恶，便什么对人生多少有点儿促进的作用都没有了……

愿人人都有幸福的童年和少年……

回首忆年

常想——盼年，也许历来是孩子们的心情或老人们的心情吧？中年人，尤其中年了的男人，小时候那种盼年的心情，究竟是怎样渐渐淡漠了的呢？每每自问而又说不清楚。

写此小文的头一天晚上，呆望挂历出神良久，不禁地自言自语："又快过年了。"织毛衣的妻没抬头，仿佛没听到我的话。

"又快过年了！""过一年你会年轻一岁？""怎么会呢！""那你唠叨什么？"

是我妻子的女人仍未抬头，仿佛应答一位除了盼年，再就没什么可盼的老人。几分心不在焉，还有几分对老人心情似的体恤。

其实我自己倒并不怎么盼年，但是却也愿在新年和春节临近的日子里，和家人一块儿聊聊关于过新年过春节的话题。

于是轻轻走到儿子身边，犹犹豫豫地说："儿子，快过年了。"写作业的儿子也不抬头，也仿佛没听到我的话。"儿子……""爸！你没见我在写作业嘛！……"儿子的头倒是抬起了，然而脸上的表情很烦。"哎,你别打扰儿子行不行?"妻子进行干涉了。"行,行……"

口中诺诺,退回原处坐下,复呆望着挂历出神。

"快过年了!"——这一句话,是自我上初中以后,弟弟妹妹乃至母亲常对我说的。这一句话中包含着对我的提醒,也包含着对我的指望。

于是我开始为家庭尽职——首先要带着镐,到有黄土的地方,刨开冰冻层,刨出些黄土块儿背回家。冻黄土块儿在冬季的凉水里很难化开,要放在锅里熬化。再将积攒起的炉灰,细细地一遍遍筛过,搅拌在锅里。于是可以抹墙了,熬过的灰泥干得快。破屋子的四壁,在一年里又裂了许多缝。不抹上,粉刷了之后更明显。好在我是瓦匠的儿子,干那些活儿很内行。一年里火炕面儿也透烟了,锅台砖也松了,炉膛也该加厚了……所有这些活儿,都需在年前做完。每每要接连干三四天,熬五六锅泥。新年一过,四处寻找白灰。能要到要点儿,要不到买点儿。买不到,就深更半夜从建筑工地上偷点儿。新年一过,便开始刷墙。刷完居室刷厨房。弟弟妹妹帮不上忙,母亲上班,几乎只我一个人忙。从小做什么事总希望尽自己所能做得好些。往往刷三遍,白灰干了以后,还喷花。喷花图案是我自己画在硬纸板上,自己剪刻的。一个星期后,邻居家的叔叔伯伯婶婶大娘到我家串门,没有不"友邦惊诧"的:"哇!老梁家,这可真像要过年哪!""老梁家,你们家小二,简直太能了!"……

听到诸如此类的夸赞,母亲总是显得很欣慰,很矜持。我自己心里当然也很受用。实事求是地说，不但在我家那个大院里，即使在我家那条街上，每到春节，我家是最有温馨祥乐气氛的。尽管我家在那条街上比较穷。我下乡后，如果春节前探家，仍会大忙一通，将个破家的四壁一遍遍刷得白白的……

成了北京的居民以后，我就再没刷过墙。

儿子上初二以后，新年和春节，在我们这个三口之家，似乎可过可不过的了。并且，真的似乎过与不过，也没什么区别了。

我呆望着挂历，心里暗想——一九九八年的元旦和春节，我们全家一定要当回事儿地过。人若连过年过春节的心情都淡漠了，那生活还有什么欢乐可言呢？至于怎么过才算当回事儿地过，却没想好……

几个春节一段人生

倘你是少年,你肯定已度过了十几个春节;倘你是青年,你肯定已度过了二十几个春节;倘你是中年,你肯定已度过了四五十个春节;倘你是老年,你肯定已度过了六七十个乃至更多次春节……

其实,我想说的是——那么,你究竟能清楚地记得几次春节的情形呢?你能将你度过的每一次春节的欢乐抑或伤感,都记忆犹新地一一道来么?

我断定你不能。许许多多个春节,哦,我不应该用许许多多这四个字。因为实际上,能度过一百个以上春节的人,真是太少太少了!

我们的记忆竟是这么对不起我们!它使我们忘记我们在每一年最特殊的日子里所体会的那些欢乐,那些因欢乐的不可求而产生的感伤,如同小学生忘记老师的每一次课堂提问一样……

难道春节对于我们每一个人来说,不是每年中最特殊的日子么?此外,对于我们中国人来说还有什么比春节更特殊的日子呢?生日?——生日是世界性的,不是"中国特色"的。而且,一家人一般不会是同一个生日啊。春节仿佛是家庭的生日，一个人过春节，是没法儿体会全家团聚其乐融融那一种亲情交织的温馨的，也没法儿体会那一种棉花糖般膨化了的生活的甜。

中国人盼望春节，欢庆春节，是因为春节放假时日最长，除了能吃到平时没精力下厨烹做的美食，除了能喝到平时舍不得花钱买的美酒，最主要的，更是在期盼平时难以体会得到的那一种温馨，以及那一种生活中难忘的甜呀！

那温馨，那甜，虽因贫富而有区别，却也因贫富而各得其乐。于是我们理解了为什么杨白劳在大年三十儿夜仅仅为喜儿买了一截红头绳，喜儿就高兴得跳起来，唱起来……

大年三十夜使红头绳仿佛不再是红头绳，而是童话里的一大笔财富似的！

人家的姑娘有花儿戴，
我爹没钱不能买。
扯上二尺红头绳，
给我扎起来……

《白毛女》中这段歌，即使今天，那甜中有苦，苦中有甜的欢悦，也是多么的令人怆然啊！

浪迹他乡异地的游子，春节前，但凡能够，谁不匆匆地动身往家里赶？

有家的人们,不管是一个多么穷多么破的家,谁不尽量将家收拾得像个样子?起码,在大年三十儿夜,别的都做不到,也要预先备下点儿柴,将炉火烧得旺一些……

　　我对小时候过的春节,早已全然没了印象。只记得四五岁时,母亲刚刚生过四弟不久的一个春节,全家围着小炕桌在大年三十儿晚上吃饺子,我一不小心,将满满一碗饺子汤洒在床上了,床上铺的是新换的床单儿。父亲生气之下,举起了巴掌,母亲急说:"大过年的,别打孩子呀!"

　　父亲的巴掌没落在我头上,我沾了春节的光。

　　新棉衣被别的孩子扔的鞭炮炸破了,不敢回家,躲在邻居家哭——这是我头脑中保留的一个少年时的春节的记忆。这记忆作为小情节,被用在《年轮》里了。

　　也还记得上初二时的一个春节——节前哥哥将家中的一对旧木箱拉到黑市上卖了二十元钱。母亲说:"今年春节有这二十元钱,该可以过个像样的春节了。"时逢做店员的邻家大婶儿通告,来了一批猪肉,很便宜,才四角八分一斤。那是在国库里冻了十来年的储备肉,再不卖给百姓,就变质了。所以便宜,所以不要票。我极力动员母亲,将那二十元都买肉。既是我的主张,那么我当然自告奋勇去买。在寒冷的晚上,我走了十几里路,前往那郊区的小店。排了整整一夜,第二天早上买到了大半扇猪肉。用绳子系在身后,背着走回了家。四十来斤大半扇猪肉,去了皮和骨,只不过收拾出二十来斤肉。那猪肉瘦得没法儿形容……

一九六八年，大约是初二或初三，既上不了学又找不到工作的我，去老师家里倾诉苦闷。夜晚回家的路上，遇着两个男人架着一个醉汉。他们见我和他们同路，就将那醉汉交付给我了，说只要搀他走过两站路就行了。我犹豫未决之间，他们已拔腿而去。怎么办呢？醉汉软得如一滩泥。我不管他，他躺倒于地，岂不是会冻死么？我搀他走过两站，又走过两站，直走到郊区的一片破房子前。亏他还认得自家门，我一直将他搀进屋。至今记得，他叫周翔，是汽车修理工，妻子死了，有四个孩子。他一到家就吐了，吐罢清醒了。清醒了的他，对我很是感激，问明我是耽误于"文革"没有着落的学生，发誓说他一定能为我找到份儿工作。以后几天，一直到正月十五，我几乎天天去他家，而他几乎天天不在家。我就替他收拾屋子，照顾儿子，做饭、洗衣，当起用人来。终于我明白，他天天白日不在家，无非是找地方去借酒浇愁。而他借酒浇愁，是因为他自己刚刚失去了工作！……我真傻，竟希望这样的人为我找工作……

半年后，六月，我义无反顾地下乡了。

周翔和那一年的春节，彻底结束了我的少年时代。我一直觉得，是那一年的春节和周翔其人使我开始成熟了，而不是"上山下乡"运动……

兵团生活的六年中，我于春节前探过一次家。和许多知青一样，半夜出火车站，背着几十斤面，一路上急急往家赶，心里则已在想着，如果母亲看见我，和她这个儿子将要交给她的一百多元钱，该多高兴呀——全家又可美美地过一次春节了，虽然远在四川的父亲不能回家有点儿遗憾……

那么,另外五个春节呢?

当然全是在北大荒过的。

可究竟怎么过的呢?努力回忆也回忆不起来了。我曾是班长、教师、团报导员、抬木工。从连队到机关再被贬到另一个连队,命运沉浮,过春节的情形,则没什么不同。无非看一场电影,一场团或连宣传队的演出,吃一顿饺子几样炒菜,蒙头大睡——当知青时,过春节的第一大享受对于我来说,不是别的,是可以足足地补几天觉……

上大学的第一个春节是在上海市虹桥医院的肝炎隔离病房度过的……

第二个第三个春节都没探家,全班只剩我一个学生在校……

在北影工作十年,只记住一个春节——带三四岁的儿子绕到宿舍楼后去放烟花。儿子曾对我说,那是他最温馨的回忆。所以那也是我关于春节的最温馨的回忆之一……

在儿童电影制片厂十余年,头脑中没保留下什么关于春节的特殊印象。只记得头几年的三十儿晚上,和老厂长于蓝同志相约了,带上水果、糖、瓜子花生之类,去看门卫战士们——当年的他们,都调离了。如今老厂长于蓝已退休,我也不再担任什么职务,好传统也就没继承下来……

怎么的?大半截人生啊!整整五十年啊!五十个春节,头脑中就保留下了一点点支离破碎的记忆么?

是的。真的！就保留下了这么一点点支离破碎的记忆。

虽然是支离破碎的记忆，但除了一九六八年的春节而外，却又似乎每忆起来，都是那么的温馨。一九六八年的春节，我实际上等于初二或初三后就没在自己家，在周翔家当用人来着……

如今我们中国人过春节的内容更丰富了。利用春节假期进行旅游，以至于"游"到国外去，早已不是什么新潮流了。亲朋好友的相互拜年迎来送往，也差不多基本上被电话祝福所代替了。人们越来越希望，能在节假日期间留给自己和家庭更多的"自控时段"，以享受家庭生活的温馨。改革开放使一部分中国人富了起来，使大部分中国人的生活水平居住水平明显提高，春节之内容的物质质量也空前提高。吃饺子已不再是春节传统的"经典内容"。如果统计一下定会发现，在城市，春节期间包饺子的人比从前少多了。而在九十年代以前，谁家春节没包饺子，那可能会是因为发生了冲淡节日心情的不幸。而现在是因为——几乎每一个小店平日都有速冻饺子卖，吃饺子像吃方便面一样是寻常事了。尽管有不少"下岗"者，但祥林嫂那种在春节无家可归冻死街头的悲剧，毕竟是少有所闻了……

我们中国人过春节的内容和方式，分明正变化着。在乡村，传统的习俗仍被加以珍惜，不同程度上被保留着。在城市，春节的传统习俗，正受到日新月异的现代生活方式和生活质量的冲击，甚至已经发生了彻底的变化……

依我想来，我们中国人大可不必为春节传统内容的瓦解而感伤，从某种角度看，不妨也认为是生活观念的解放……

只要春节还放一年中最长的节假，春节就永远是我们中国人"总把新桃换旧符"的春节。毕竟，亲情是春节最高质量的标志。亲情是在我们内心里的，不是写在日历上的。

一个人，只要是中国人，无论他或她多么了不起，多么有作为，一旦到了晚年，一旦陷入对往事的回忆，春节必定会伴着流逝的心情带给自己某些欲说还休的惆怅。因为春节是温馨的，是欢悦的。那惆怅即使绵绵，亦必包含着温馨，包含着欢悦啊！……

哪怕仅仅为了我们以后回忆的滋味是美好的，让我们过好每一次春节吧！

我以为，事实上若我们能对春节保持一份"平平淡谈才是真"的好心情，那么，我们中国人的每一次春节，便都会是人生中难忘的回忆。

初恋杂感

我的初恋发生在北大荒。

许多读者总以为我小说中的某个女性，是我恋人的影子。那就大错特错了。她们仅是一些文学加工了的知青形象而已，是很理想化了的女性。她们的存在，只证明作为一个男人，我喜爱温柔的，善良的，性格内向的，情感纯真的女性。

有位青年评论家曾著文，专门研究和探讨一批男性知青作家笔底下的女性形象，发现他们（当然包括我）倾注感情着力刻画的年轻女性，尽管千差万别，但大抵如是。我认为这是表现在一代人的情爱史上惨淡的文化现象和倾向。开朗活泼的性格，对于年轻的女性，当年太容易成为指责与批评的目标。在和时代的对抗中，最终妥协的大抵是她们自己。

文章又进一步论证，纵观大多数男性作家笔下缱绻呼出的女性，似乎足以得出结论——在情爱方面，一代知青是失落了的。

我认为这个结论是大致正确的。

我那个连队,有一排宿舍——破仓库改建的,东倒西歪。中间是过廊,将它一分为二。左面住男知青,右面住女知青。除了开会,互不往来。

幸而知青少,不得不混编排,劳动还往往在一块儿。既一块儿劳动,便少不了说说笑笑,却极有分寸。任谁也不敢超越。男女知青打打闹闹,是违反行为规范和道德准则的,是要受批评的。

但毕竟都是少男少女,情萌心动,在所难免,却都抑制着。对于当年的我们,政治荣誉是第一位的。情爱不知排在第几位。

星期日,倘到别人的连队去看同学,男知青可以与男知青结伴而行,不可与女知青结伴而行。为防止半路会合,偷偷结伴,实行了"批条制"——离开连队,由连长或指导员批条,到了某一连队,由某一连队的连长或指导员签字。路上时间过长,便遭讯问——哪里去了?刚刚批准了男知青,那么随后请求批条的女知青必定在两小时后才能获准。堵住一切"可乘之机"。

如上所述,我的初恋于我实在是种"幸运",也实在是偶然降临的。

那时我是位尽职尽责的小学教师,二十三岁,已当过班长、排长,获得过"五好战士"证书,参加过"学习毛主席著作积极分子代表大会",但没爱过。

我探家回到连队,正是九月,大宿舍修火炕,我那二尺宽的炕面被扒了,还没抹泥。我正愁无处睡,卫生所的戴医生来找我——她是黑河医校毕业的,二十七岁,在我眼中是老大姐。我的成人意识确立得很晚。

她说她回黑河结婚。她说她走之后，卫生所只剩卫生员小董一人，守着四间屋子，她有点不放心。卫生所后面就是麦场，麦场后面就是山了。她说小董自己觉得挺害怕的。最后她问我愿不愿在卫生所暂住一段日子，住到她回来。

我犹豫，顾虑重重。她说："第一，你是男的，比女的更能给小董壮壮胆。第二，你是教师，我信任。第三，这件事已跟连里请求过，连里同意。"我便打消了重重顾虑，表示愿意。那时我还没跟小董说过话。卫生所一个房间是药房（兼作戴医生和小董的卧室），一个房间是门诊室，一个房间是临时看护室（只有两个床位），第四个房间是注射室消毒室蒸馏室。四个房间都不大，我住临时看护室，每晚与小董之间隔着门诊室。

除了第一天和小董之间说过几句话，在头一个星期内，我们几乎就没交谈过，甚至没打过几次照面。因为她起得比我早，我去上课时，她已坐在药房兼她的卧室里看医药书籍了。她很爱她的工作，很有上进心，巴望着轮到她参加团卫生员集训班，毕业后由卫生员转为医生。下午，我大部分时间仍回大宿舍备课——除了病号，知青都出工去了，大宿舍里很安静。往往是晚上十点以后回卫生所睡觉。

"梁老师，回来没有？"

小董照例在她的房间里大声问。

"回来了！"

我照例在我的房间里如此回答。

"还出去么？"

"不出去了。"

"那我插门啦？"

"插门吧。"

于是门一插上，卫生所自成一统。她不到我的房间里来，我也不到她的房间里去。

"梁老师！"

"什么事？"

"我的手表停了。现在几点了？"

"差五分十一点。你还没睡？"

"没睡。"

"干什么呢？"

"织毛衣呢！"

我清清楚楚地记得，只有那一次，我们隔着一个房间，在晚上差五分十一点的时候，大声交谈了一次。

我们似乎谁也不会主动接近谁。我的存在，不过是为她壮胆，好比一条警觉的野狗——仅仅是为她壮胆。仿佛有谁暗中监视着我们的一举一动，使我们不得接近，亦不敢贸然接近。但正是这种主要由我们双方拘谨心理营造成的并不自然的情况，反倒使我们彼此暗暗产生了最初的好感。因为那种拘谨心理，最是特定年代中一代人的特定心理，一种荒谬的道德原则规范了的行为。如果我对她表现得过于主动亲近，她则大有可能猜疑我"居心不良"；如果她对我表现得过于主动亲近，我则大有可能视她为一个轻浮的姑娘。其实我们都想接近，想交谈，想彼此了解。

小董是牡丹江市知青，在她眼里，我也属于大城市知青，在我眼里，她并不美丽，也谈不上漂亮。我并不被她的外貌吸引。

每天我起来时，炉上总是有一盆她为我热的洗脸水。接连几天，我便很过意不去。于是有天我也早早起身，想照样为她热盆洗脸水。结果我们同时走出各自的住室。她让我先洗，我让她先洗，我们都有点不好意思。

那一天中午我回到住室，见早晨没来得及叠的被子叠得整整齐齐，房间打扫过了，枕巾有人替我洗了，晾在衣绳上。窗上，还有人替我做了半截纱布窗帘，放了一瓶野花。桌上，多了一只暖瓶，两只带盖的瓷杯，都是带大红喜字的那一种。我们连队供销社只有两种暖瓶和瓷杯可卖，一种是带"语录"的，一种是带大红喜字的。

我顿觉那临时栖身的看护室，有了某种温馨的家庭气氛。甚至由于三个耀眼的大红喜字，有了某种新房的气氛。

我在地上发现了一截姑娘们用来扎短辫的曲卷着的红色塑料绳，那无疑是小董的。至今我仍不知道，那是不是她故意丢在地上的，我从没问过她。

我捡起那截塑料绳，萌生起一股年轻人的柔情。受一种莫名其妙的心理支配，我走到她的房间，当面还给她那截塑料绳。那是我第一次走入她的房间。我腼腆至极地说："是你丢的吧？"她说："是。"我又说："谢谢你替我叠了被子，还替我洗了枕巾……"她低下头说:"那有什么可谢的……"我发现她穿了一身草绿色的女军装——当年在知青中,那是很时髦的。还发现她穿的是一双半新的有跟的黑色皮鞋。我心如鹿撞,感到正受着一种诱惑。她轻声说:"你坐会儿吧。"我说:"不……"立刻转身逃走。回到自己的房间,心仍直跳,久久难以平复。晚上,卫生所关了门以后,我借口胃疼,向她讨药。趁机留下纸条,写的是——我希望和你谈一谈,在门诊室。我都没有勇气写"在我的房间"。一会儿,她悄悄地出现在我面前。我们也不敢开着灯谈,怕突然有人来找她看病,从外面一眼发现我们深更半夜地还待在一个房间里……

黑暗中,她坐在桌子这一端,我坐在桌子那一端,东一句,西一句,不着边际地谈。从那一天起,我算多少了解了她一些:她自幼失去父母,是哥哥抚养大的。我告诉她我也是在穷困的生活环境中长大的。她说她看得出来,因为我很少穿件新衣服。她说她脚上那双皮鞋,是下乡前她嫂子给她的,平时舍不得穿……

我给她背我平时写的一首首小诗,给她背我记在日记中的某些思想和情感片段——那本日记是从不敢被任何人发现的……

她是我的第一个"读者"。

从那一天起,我们都觉得我们之间建立了一种亲密的关系。

她到别的连队去出夜诊,我暗暗送她,暗暗接她。如果在白天,我接到她,我们就双双爬上一座山,在山坡上坐一会儿,算是"幽会"。却不能太久,还得分路回连队。

我们相爱了。拥抱过,亲吻过,海誓山盟过,都稚气地认为,各自的心灵从此有了可靠的依托。我们都是那样的被自己所感动，亦被对方所感动。觉得在这个大千世界之中，能够爱一个人并被一个人所爱，是多么幸福多么美好！但我们都没有想到过没有谈起过结婚以及做妻子做丈夫那么遥远的事。那仿佛的确是太遥远的未来的事。连爱都是"大逆不道"的，那种原本合情合理的想法，却好像是童话……

爱是遮掩不住的。

后来就有了流言蜚语。我想提前搬回大宿舍，但那等于"此地无银三百两"；继续住在卫生所，我们便都得继续承受种种投射到我们身上的幸灾乐祸的目光。舆论往往更沉重地落在女性一方。

后来领导找我谈话，我矢口否认——我无论如何不能承认我爱她，更不能声明她爱我。不久她被调到了另一个连队。我因有着我们小学校长的庇护，除了那次含蓄的谈话，并未受到怎样的伤害。你连替你所爱的人承受伤害的能力都没有，这真是令人难堪的事！后来，我乞求一个朋友帮忙，在两个连队间的一片树林里，又见到了她一面。那一天淅淅沥沥地下着雨，我们的衣服都湿透了。我们拥抱在一起流泪不止……后来我调到了团宣传股，离她的连队一百多里，再见一面更难了……我曾托人给她捎过信，却没有收到过她的回信。我以为她是想要忘掉我……一年后我被推荐上了大学。据说我离开团里的那一天，她赶到了团里，想见我一面，因为拖拉机半路出了故障，没见着我……一九八三年，《这是一片神奇的土地》获奖，在读者来信中，有一封竟是她写给我的！

算起来，我们相爱已是十年前的事了。

我当即给她写了封很长的信，装信封时，即发现她的信封上，根本没写地址。我奇怪了，反复看那封信。信中只写着她如今在一座矿山当医生，丈夫病故了，给她留下了两个孩子……最后发现，信纸背面还有一行字，写的是——想来你已经结婚了，所以请原谅我不给你留下通信地址。一切已经过去，保留在记忆中吧！接受我的衷心的祝福！

信已写就，不寄心不甘。细辨邮戳，有"桦川县"字样。便将信寄往黑龙江桦川县卫生局，请代查卫生局可有这个人。然而空谷无音。初恋所以令人难忘，盖因纯情耳！纯情原本与青春为伴。青春已逝，纯情也就不复存在了。如今人们都说我成熟了，自己也常这么觉得。近读评论家吴亮的《冥想与独白》，有一段话使我震慑——

大概我们已痛感成熟的衰老和污秽……事实上纯真早已不可复得，唯一可以自慰的是我们还未泯灭向往纯真的天性。我们丢失的何止纯真一项？我们大大地亵渎了纯真，还感慨纯真的丧失，怕的是遭受天谴——我们想得如此周到，足见我们将永远地离远纯真了。号啕大哭吧，不再纯真又渴望纯真的人！

他正是写的我这类人。

我和橘皮的往事

多少年过去了,那张清瘦而严厉的、戴六百度黑边近视镜的女人的脸,仍时时浮现在我眼前,她就是我小学四年级的班主任老师。想起她,也就使我想起了一些关于橘皮的往事……

其实,校办工厂并非是今天的新事物。当年我的小学母校就有校办工厂,不过规模很小罢了。专从民间收集橘皮,烘干了,碾成粉,送到药厂去,所得加工费,用以补充学校的教学经费。

有一天,轮到我和我们班的几名同学,去那小厂房里义务劳动。一名同学问指派我们干活的师傅,橘皮究竟可以治哪几种病?师傅就告诉我们,可以治什么病,尤其对平喘和减缓支气管炎有良效。

我听了暗暗记在心里。我的母亲,每年冬季都为支气管炎所苦,经常喘作一团,憋红了脸,透不过气来。可是家里穷,母亲舍不得花钱买药,就那么一冬季又一冬季地忍受着,一冬季比一冬季气喘得厉害。看着母亲喘作一团,憋红了脸透不过气来的痛苦样子,我和弟弟妹妹每每心里难受得想哭。我暗想,一麻袋又一麻袋,这么多这么多橘皮,我何不替母亲带回家一点儿呢?……

当天,我往兜里偷偷揣了几片干橘皮。

以后,每次义务劳动,我都往兜里偷偷揣几片干橘皮。

母亲喝了一阵子干橘皮泡的水,剧烈喘息的时候,分明地减少了,起码我觉着是那样。我内心里的高兴,真是没法儿形容。母亲自然问过我——从哪儿弄的干橘皮?我撒谎,骗母亲,说是校办工厂的师傅送给的。母亲就抚摸我的头,用微笑表达她对她的一个儿子的孝心所感受到的那一份儿欣慰。那乃是穷孩子们的母亲们普遍的最由衷的也是最大的欣慰啊!……

不料想,由于一名同学的告发,我成了一个小偷,一个贼。先是在全班同学眼里成了一个小偷,一个贼,后来是在全校同学眼里成了一个小偷,一个贼。

那是特殊的年代。哪怕小到一块橡皮,半截铅笔,只要一旦和"偷"字连起来,也足以构成一个孩子从此无法刷洗掉的耻辱,也足以使一个孩子从此永无自尊可言。每每的,在大人们互相攻讦之时,你会听到这样的话——"你自小就是贼!"——那贼的罪名,却往往仅由于一块橡皮,半截铅笔。那贼的罪名,甚至足以使一个人背负终生。即使往后别人忘了,不再提起了,在他或她内心里,也是铭刻下了。这一种刻痕,往往扭曲了一个人的一生,改变了一个人的一生,毁灭了一个人的一生……

在学校的操场上,我被迫当众承认自己偷了几次橘皮,当众承认自己是贼。当众,便是当着全校同学的面啊!……

于是我在班级里，不再是任何一个同学的同学，而是一个贼。于是我在学校里，仿佛已经不再是一名学生；而仅仅是，无可争议地是一个贼，一个小偷了。

我觉得，连我上课举手回答问题，老师似乎都佯装不见，目光故意从我身上一扫而过。我不再有学友了。我处于可怕的孤立之中。我不敢对母亲讲我在学校的遭遇和处境，怕母亲为我而悲伤……当时我的班主任老师，也就是那一位清瘦而严厉的、戴六百度近视镜的中年女教师，正休产假。她重新给我们上第一堂课的时候，就觉察出了我的异常处境。放学后她把我叫到了僻静处，而不是教员室里，问我究竟做了什么不光彩的事。我哇地哭了……第二天，她在上课之前说："首先我要讲讲梁绍生（我当年的本名）和橘皮的事。他不是小偷，不是贼。是我嘱咐他在义务劳动时，别忘了为老师带一点儿橘皮。老师需要橘皮掺进别的中药治病。你们再认为他是小偷，是贼，那么也把老师看成是小偷，是贼吧！……"

第三天，当全校同学做课间操时，大喇叭里传出了她的声音。说的是她在课堂上所说的那番话……从此我又是同学的同学，学校的学生，而不再是小偷不再是贼了。从此我不想死了……我的班主任老师，她以前对我从不曾偏爱过，以后也不曾。在她眼里，以前和以后，我都只不过是她的四十几名学生中的一个，最普通的最寻常的一个……

但是，从此，在我心目中，她不再是一位普通的老师了。尽管依然像以前那么严厉，依然戴六百度的近视镜……

在"文革"中,那时我已是中学生了,没给任何一位老师贴过大字报。我常想,这也许和我永远忘不了我的小学班主任老师有某种关系。没有她,我不太可能成为作家。也许我的人生轨迹将彻底地被扭曲、改变,也许我真的会变成一个贼,以我的堕落报复社会。也许,我早已自杀了……

以后我受过许多险恶的伤害,但她使我永远相信,生活中不只有坏人,像她那样的好人是确实存在的……因此我应永远保持对生活的真诚热爱!

永久的悔

一九七一年,我到北大荒的第三个年头,连队已有二百多名知识青年了。我是一排一班的班长。我们被认为或自认为是知识青年,其实并没有多少知识可言。我的班里,年龄最小的上海知青,才十七岁,还是些中学生而已。

那一年全都在"割资本主义的尾巴"。团里规定——老职工老战士家,不得养母鸡。母鸡会下蛋,当归于"生产资料"一类。至于猪,公的母的,都是不许私养的。母猪会下崽,私人一旦养了,必然形成"资本的原始积累"。公猪呢,一旦养到既肥且重,在少肉吃的年代,岂非等于"囤稀居奇"?违反了规定者,便是长出"资本主义的尾巴"了。倘自己不主动"割",则须别人帮助"割"了。用当年的话说,主张"割得狠、割得疼、割得彻底、割出血来"。

有一年,有一名老职工和我们班在山上开创"新点"。五月里的一天,我忽听到了小鸡的吱吱叫声,发出在一纸板箱里。纸板箱摆在火炕的最里角。

我奇怪地问："老杨，那里是什么叫？"

他笑笑，说是小鸟儿叫。

我说："我怎么听着像是小鸡叫？"

他一本正经地说："深山老林，哪儿来的小鸡啊？是小鸟儿叫，我发现了一个鸟窝，大概老鸟儿死了，小鸟儿们全饿的快不行了。我一时动了菩萨心肠，就连窝捧回来了，养大就放生……"他说得煞有介事，而且有全班人为他作证，我也就懒得爬上炕去看一眼，只当就是他说的那么回事儿……不久后的一天，我见他在喂他的"鸟儿"们。它们一个个已长得毛茸茸的，比拳头大了。我指着问："这是些什么？"他嘿嘿一笑，反问："你看呢？"

我说："我看是些小鸡，不是小鸟儿。"他说："我当它们是些小鸟儿养着，它们不就算是些小鸟儿了么？"这时全班人便都七言八语起来，有的公然"指鹿为马"，说明明是些小鸟儿，偏我自己当成是些小鸡，以己昏昏，使人昏昏。有的知道骗不过我，索性替老杨讲情儿，说在山上，养几只小鸡也算不了什么，何必认真？再说，也是"丰富业余生活"内容么……

我也觉得大家的生活太寂寞了，不再反对。你没法儿想象，那些"小鸟儿"，不，那些小鸡，是老杨每晚猫在被窝里，用双手轮番地焐，焐了半个多月，一只只焐出来的……一日三餐，全班总是有剩饭剩菜的，它们吃得饱，长得快，又有老杨的精心护养，到了八九月份，全长成些半大鸡了。"新点"建还是不建，团里始终犹豫，所以我们全班也就始终驻扎在山上。"十一"那一天，老杨杀了两只最大的公鸡，我们美美地喝了一顿鸡汤。

春节前，连里通知，"新点"不建了，要全班撤下山。这是大家早就盼望着的事，可几只鸡怎么办呢？大家都犯起愁来。最后一致决定，全杀了吃。

其中四只是母鸡。杀鸡的老杨几次操刀，几次放下，对它们下不了手。他恳求地望着我说："班长，已经开始下蛋了啊！"我说："那又怎样？"他说："杀了太可惜呀！"我说："依你怎么办？"他进一步恳求："班长，让我偷偷带回连队吧！我家住在村尽头，养着也没人发现。发现了我自己承担后果。我家孩子多，又都在长身体的时候……"而我，当时实在说不出断然不许的话……我却不曾料到，这件事被我们班里一个极迫切要求入团的知青揭发了，于是召开了全连批判会，于是这件事上了全团的"运动简报"。批判稿是我写的，我代表全班读的。尽管我按照连里和团里的指令做了，我这个班长还是被撤了职……老杨一向为人老实，平时对我们也极好。他感到了被出卖的愤怒，也觉得当众受批判乃是他终生的奇耻大辱。一天夜里，他吊死在知青宿舍后的一棵树上……

我们被吩咐料理他的后事。他死后我才第一次到他家去。那是怎样的一个家啊！一领破炕席，三个衣衫褴褛营养不良的孩子，一个面黄肌瘦病恹恹的女人……那一种穷困情形咄咄逼人。在他死后，尤其令人心情沉重而又内疚不已……

我们将埋他的坑挖得很深很深……埋了他，我们都哭了，在他的坟头……后来每一个星期日的夜里，都会有一爬犁烧柴送到他家门前……后来我当了小学教师，教他的三个孩子。我极端地偏爱他们、偏袒他们，替他们买书包、买作业本。然而他们怕我、疏远我……

后来他们的母亲生病了，我们全班步行了二三十公里，赶到团部医院去要求献血。我住到了他们家里，每天替他们做饭，辅导他们功课，给他们讲故事听……可他们依然怕我、疏远我，甚至在他们瞪着三双大眼睛听我讲故事的时刻……

后来我调到团宣传股去了。离开连队那一天，许多人围着马车送我。我发现我的三个学生的母亲，默默地闪在人墙后，似在看着我，又不似……老板子发出赶马的吆喝声后，我见她双手将三个孩子往前一推，于是我听到他们齐声说出的一句话是"老师再见！"顿时我泪如泉涌……当年，我们连自己都不会保护自己，更遑论善于保护他人。这样想，虽然能使我心中的悔不再像难愈的伤口仍时时渗血，但却不能使当年发生的事像根本没发生过一样……

如今二十多载过去了，心上的悔如牛痘结了痂，其下生长出了一层新嫩的思想——人对人的爱心应是高于一切的，是社会起码的也是必要的原则。当这一原则遭到歪曲时，人不应驯服为时代的奴隶。获得这一种很平凡的思想，我们当年付出了怎样的代价啊！……

恰同学少年

我常想在纷扰中寻出一点闲静来，然而委实不容易。目前是这么离奇，心里是这么芜杂。一个人做到了只剩回忆的时候，生涯大概总要算是无聊了罢，但有时竟会连回忆也没有……

这是鲁迅为他的《野草集》所作的"小引"。

文中还有一段，进一步告白他的回忆感觉："我有一时，曾经屡次忆起儿时在故乡所吃的蔬果：菱角、萝豆、茭白、香瓜。凡这些，都是极其鲜美可口的；都曾是我思乡的蛊惑。后来，我在久别之后尝到了，也不过如此；唯独在记忆上，还有旧来的意味留存。他们也许要哄骗我一生，使我时时反顾。"

鲁迅写这"小引"时是一九二七年的五月，在广州。

鲁迅文章的遣词，有时看似随意，然细一品咂，却分明是极考究的。比如形容街上的人流如织为"扰攘"；形容屏息敛气为"悚息"；而形容隐蔽又为"伏藏"。他是不怎么用司空见惯的成语的，每自己组合某些两字词，使我们后人读到，印象反比四字成语深刻多了。

一九二七年的中国，居然用"离奇"二字来加以概括，这也是令我有"离奇"之感的，我咀嚼出了吊诡的意味。

我对八十多年以后的中国的当下，往往也生出"离奇"的想法。又往往，和当年的鲁迅一样，亦觉"心里是这么芜杂"。并且呢，同样常被回忆所纠缠，还同样时觉无聊。我怕那无聊的腐蚀，故在几乎"只剩回忆"的日子，也会索性靠了回忆姑且抵挡一下无聊的。

近来便一再地回忆起我的几名中学同学。在我的中学时代，和我关系亲密的同学是刘树起、王松山、王玉刚、张运河、徐彦、杨志松。我写下的皆是他们的真实姓名。我回忆起他们时，如鲁迅之回忆故乡的菱角、萝豆、茭白、香瓜，那都是养育百姓生命的鲜美蔬果。而我的以上几名中学同学，除了徐彦家的日子当年好过一些，另外几人则全是城市底层人家的儿子。用那些生长在泥塘园土中的蔬果形容之，自认为倒也恰当。与鲁迅不同的是，我回忆他们与思乡其实没什么关系，更是一种思人的情绪。自然，断不会生出"也不过如此"的平淡，而是恰恰相反，每觉如沐煦风，体味到弥足珍贵究竟有多珍贵。

我和树起在中学时代相处的时光更多些。我家算是离校较远了，大约半小时的路。树起家离校更远，距我家也还有二十分钟左右的路。那么，我俩几乎天天结伴放学回家是不消说的了。走到我家所住那条小街的街口中，通常总是要约定，第二天我俩在街口相等，一块去上学。路上是一向有些话题可说的——学校里的事，班级里的事，各自家里发生的烦恼，初中毕业后的打算，谁在看一部什么小说，等等。有时什么也不说，只不过默默往前走，那是要迟到了的情况下。还有时一同背着课文或什么公式往前走，因为快考试了。树起家在一片矮破的房屋间，比我的家还小，还不成个样子。如今，中国的城市里绝对见不到那样的人家了，在农村也很少见了，一旦见了会令富有同情心的人心里难受，潸然泪下的。那样的家，简直可以说成是土坯窝。回到那样的家，差不多可形容为一头钻进窝里。但在当年的哈尔滨，那样的人家千千万万。正因为比比皆是，所以小儿女们并不觉得自己多么可怜，并且照样爱家、恋爱，在乎家之安全和温暖；仿佛小动物之本能的喜欢家。树起和他的老父母以及弟弟、妹妹住在那样的家里。当年他的父母亲都已经快六十岁，在我们几个同学眼中是确确实实的老人了。然而他的父亲还在工作着，是拉铁架子车的。如今在全中国乃至全世界找到那样一种车肯定是很难的了，可在当年那是哈尔滨市特别主要的一种运载车。一般情况下不是谁有钱就容易买到的，得凭证明，属于"劳动资产"。他的父亲刚一解放就是拉那一种车的车夫了，那一种车对于他的父亲犹如黄包车之于祥子。只不过他们拉的不是人而是货物，将他们组织在一起的是城市的劳动管理部门。

我和树起一起上学去，有时他会给我一个大的蒸土豆，或半块烙饼。若是夏天，或一个大的西红柿，一条黄瓜。那是挨饿的年代，给人任何可吃的东西都是一份慷慨，一份情义，他心里就是那么的有我。记得有次他还给了我几块很高级的软糖，我极享受地吃着时，他告诉我他的三姐结婚了。他有四位姐姐，这着实是令我们几个羡慕的。

　　树起学习很好，数理化及俄语四科成绩在班里一向名列前茅。他耿直、善良，具有天生似的同情心，眼见不正义的事他是很难做到不上前干涉的，而发现一位老人或孩子当街跌倒了，他是那种会赶紧跑过去扶起来的少年。"文革"前，我们之间从没发生过争论。这么好的同学，我和他争论什么呢？他对人对事的看法，我一向认为是客观公正的。

　　"文革"中，他的表现也很"特别"。他是班里的好学生，完全置身度外不行的。他从没亲笔写过大字报；别人写了让他签名，以示支持，那他也要认认真真地看一遍，倘觉得批判的内容不符合事实，那么他就会拒绝签名。倘觉得其中一句话甚或一个词对被批判的人具有显然的侮辱性，他竟会要求对方将那句话或那个词涂抹了。若对方不，也不签名的。他决不会打人的，不管对方是谁。即使一个公认的"反革命"，他也并不认为于是便有权利进行侵犯。谁做过那样的事，他对谁是极嫌恶的。他这一种"特别"，当年深获我的敬意。

　　但我们之间发生了一次激烈的争论，在国家主席刘少奇也被打倒之后。

　　有次在我家里，我说了一句对伟大领袖极不敬的话，并表达了这么一种思想——如果一个人将当初与自己一同出生入死的革命战友几乎逐一视为敌人了，并且欲置于死地而后快，那么我对于这样的领袖是没法崇敬的。我还指出，"凡是敌人反对的，我们就要拥护；

凡是敌人拥护的,我们就要反对。"——这样一条"语录"是"荒唐"的……

"文革"前我已看了不少外国小说,那些文学作品对我潜移默化的影响,在"文革"中凸显了。树起他当时瞪大双眼吃惊地看着我,半响才说出一句话是:"你再也不许这么胡说八道!"我说:这不是在家里,只对你一个人说嘛。他说:我没听到。什么没听到。你发誓,以后再也不说类似的话了,对我也不说了。直至我发了誓,他才暗舒一口气。当年他替我极度担心的样子,以后很多年,都经常浮现在我眼前。然而事情并没完,后来他又召集了张云河、王松山、王玉刚三个再次郑重地告诫我。云河就问:晓声他说什么不该说的话了?玉刚说:别问了呀,肯定是反动的话啊!

而松山则说:这家伙,一贯反动,哎你想哪一天被打成现行反革命啊?

云河又说:也不见得就一定是反动的话呢?树起你说来我们听听,一块儿评论评论,果然反动,再一起警告他也不晚嘛!

树起张张嘴,摇头道:我不重复!

我只得自己承认:是有点儿反动。

树起又说:你如果哪天打成现行反革命了,让我们几个怎么办?跟你划清界限?那我们难受不?揭发你,那我们能吗?我们几个都不会在政治上出什么事,就你会!你今天不再当着他们三个发出重誓,我根本不能放心你……

他们三个,见树起说得异常严肃,一个个也表情郑重起来,皆点头说对,之后就一起看着我,等待我发誓……

当年我们五个初三生,真是好像五个拜把子兄弟一样,虽然我们不曾那样过。"情义"观念,怎么一下子就在我们五个之间根深蒂固了,如今却记不清楚了。似乎,起初主要是由于我们的家在上学去的同一路线上。虽说是同一路线,但上学是不可能一个找一个的,那我和树起要多走不少路。但放学回家,则都走的从容多了,便常常一齐走。先陪云河走到家门口,依次再陪玉刚和松山走到家附近,最后是我和树起分手。寒来暑往,一个学期又一个学期走下来,共同走了三年多,走出了深厚的感情。另外的原因便是,我们都是底层人家的孩子,家境都接近着贫寒。不管一块儿到了谁家,没什么可拘束的,跟回自己家了差不多的随便。而家长们,对我们也都是亲热的。当年我们的父母那样一些底层人家的家长,对与自己儿子关系密切的同学,想不真诚都不会。而既真诚了,亲热也就必然了。

但我们之间的"情义",主要还是在"文革"中结牢了的。云河、松山和树起一样,也是班级数理化及外语四科的尖子生。玉刚则和我一样,综合成绩也就是中等生。在"文革"初期,所谓"中央文革领导小组"发表的文件中说——初、高中生们,以后或升学或分配工作,皆要看"文革"中表现如何。弦外音是,表现不好的,那时会有麻烦。

这无疑等于"头上悬刀"。

为了不至于落个"表现不好"的结果,大字报起码总得写几张吧?然而对于云河、松山、玉刚三个,让他们提起毛笔亲自写大字报,如同让他们化了妆演街头戏。他们平时都是讷于语言表达,即使被迫作次表态性发言,往往也会面红耳赤,三分钟说两句话都会急出一头汗来,当然也会急出别人一头汗来。

于是写大字报就成了我和树起的义务,他们只管签名。我一个人不时在他们的催促之下写一张,我们五名学生的表现也就都不至于被视为不好了呀。每次都是,我起草,树起审阅,我再抄。树起说"没问题",他们就都说"完全同意"。

其实呢,我每次都将写大字报当成写散文诗,也当成用免费的纸墨练五笔字的机会,从不写针对任何具体个人的大字报。

玉刚的话说得最实在;他当年曾一边看着我写一边说:那么高层的事,咱们知道什么呀?还是晓声这么虚着写得好。

而松山曾说:"啊"少几个也行。你别往纸上堆那么多词,看着华而不实。

云河曾说:词多点儿可以的,蒙人。该蒙人的时候,那就蒙吧。不多用点儿词,怎么能显得激情饱满呢?

树起则作权威表态:那就少抄几个词,找一段语录抄上,反而显得字多。

我们自幼从父母那儿接受的朴素的家教都有这么几条:不随梆唱影,不仗势欺人,不墙倒众人推,不落井下石。

且莫以为以上那些词,只有文化人口中才能说出。谁这么以为,真是大错特错了。事实上长大在城市贫民大院里的我们,从小经常听到目不识丁的大人们那么评说世上人事的是非对错。在民间,那不啻为一种衡量和裁判人品如何的尺度。我们都是"闯关东"的山东人的儿子；我们的父母，尽管都是没文化的人，却都知道——如果在做人方面失败了，那么在生存方面便也不会有什么希望，故都自觉地恪守某些做人原则。

多少年后，我反思"文革"时悟到，我们实在是应感恩于父母的。中国，也实在是应感恩于某些恪守底层世道原则的人民的。若当年那样一些尺度被彻底地颠覆了，中国之灾难将更深重可悲；所幸还未能彻底。

据说评定一名学生在"文革"中的表现如何，还要看是否主动与工农相结合过。我们五人中，树起是团员，在政治方向上，我们都与他保持一致。

树起认为，如果严格按照"学生也要学工、学农"的"最高指示"去做，学工强调在前，我们应该先学工。

于是我们去到了松江拖拉机厂。那完全是没有任何报酬的义务性劳动。我们是不怕累的，因为累而多吃了家里的口粮也在所不惜。但，那厂里的工人阶级分裂为势不两立的两派，一派人多势众，叫"革命造反团"；一派人少，以老工人为主，叫"红色造反团"。"红色"的先是被"革命"的视为"不可救药的保守组织"，后又干脆被宣布为"反动"的了。偏偏，我们参加劳动的那一车间里，基本全是"红色造反团"的老工人。他们对我们很爱护，我们觉得他们都很爱厂，都很可敬。学工的学生只埋头干苦干地劳动是不行的，还要积极参加工厂里的"造反劳动"。"革命"的造反，"红色"的也造反，究竟应该跟随哪一派造反，我们困惑了，为难了。

树起倒很民主，其实也是没了主张。他说：听大家的。云河说：我觉得曲师傅一点儿都不反动，是个好工人，使人家伤心的事我不做——曲师傅是带领我们劳动的老工人。松山说：我觉得这车间里的老工人个个都是好工人。玉刚说：我的看法和他俩一样。树起又说：那，我明白你们三个的意思了。晓声，你的态度呢？我果断地说：咱们支持"红色"的，帮他们把"反动"的帽子还给"革命"的！

于是我们在"革命"的和"红色"的之间做出了坚定的选择。若能使这个厂的一批老工人不再被视为"反动"的，我们觉得也不枉学工一场了。

我又写起"文革散文"来，仿"九评"的风格，一评二评三评连续《评这些老工人谁都不反动》……看的人居然还很多，反响还很大。曲师傅不安了，老工人们感动了；他们劝说我们没必要卷入厂里的派性斗争。而我们心中都充满了政治正义感，将那种卷入视为己任，还都有股子不达目的誓不罢休的劲头。

有天早上我们又结伴去厂里，在大门口被阻拦住了。前一天夜里"革命"的一派单方面夺权了，"红色"的一派都被集中起来，办所谓的"悔过学习班"了。

我们五名中学生，被些青年工人打跑了。后来，厂里连续贴出了评我们的大字报的大字报，也仿"九评"的风格，曰一评、二评三评……

那个冬季，我们多次去曲师傅家看望他，最后一次才见到他。

他的思想很顽固,被放出得晚。他没写"悔过书","革命造反团"的头头是他徒弟,拿他没奈何,没写也只得恢复了他的自由……

来年也就是一九六八年的五月,黑龙江生产建设兵团到哈尔滨市一展开动员,我就报名下乡了。一则是,家里生活太困难了,太缺钱了,我急切地要成为能挣钱养家的人;二则是,我对"文革"厌烦透了。因为我每天所耳闻目睹之事,非是闹剧是悲剧。即使以闹剧开始,到头来也还是会以悲剧结束,于是有人搭赔上血和命。

我不但第一批响应了"上山下乡"的号召,而且此前还曾是为全班同学服务的"勤务员",所以有了一种光荣的资格——参与为全班同学做政治鉴定,那一项工作由军宣队员主持。鉴定分为四等——无限热爱伟大领袖毛主席;热爱伟大领袖毛主席;积极参加"文化大革命";参加了"文化大革命"……

此种措辞区别,令人不禁联想到官方悼词的措辞区别。军宣队员说,别看多了"无限"或少了"无限",多了"积极"或少了"积极",一入档案,随人一生,将来的用人单位,凭这一种微妙区别,一看就会心知肚明,决定这样看待谁或那样看待谁。

既然兹事体大,我岂能掉以轻心?

但在议到云河、松山和玉刚时,军宣队员说有人反应——他们属于不常到学校参加运动的同学。

我据理力争,说他们的运动表现和我起码是一样的。我写过的大字报上他们都署了名的,我们是一块儿去学工的。如果他们的鉴定中居然没有"无限"和"积极"四个字,那我的鉴定中也宁可没有。有了，对他们不公平。

在我的极力争取下，他们的鉴定中也有了当年被认为举足轻重的四个字。

我的坚持感动了一位参加做鉴定的校"革委会"的老师，他提议在我的鉴定中加上了"责人宽，克己严"四字。

不久就要分别了，四个好同学对我依依不舍，几乎天天都到我家去一次。没事也去。没什么话说也陪我一块儿沉默。他们因为没报名和我一块儿下乡，都挺内疚，仿佛意味着愧对友情似的。我则安慰他们，各家的具体情况不同，没人逼到头上，何必非走？何况，树起、云河、松山，他们学习都特好，考高中考大学是手拿把掐的事。他们的家长也都有意培养他们，那为什么要放弃志向呢？至于玉刚，他只有姐妹，是家中独生子，他父亲长年生病，不走也有不走的原因。万一不久能分配工作了，那不是更好么？

我这么劝慰，他们个个释然了。

和我同一批下乡的只有杨志松。那一批全校才走了十二名学生，我们班就走我俩。

志松也到家里来过一次，恰巧树起他们四个在。志松家住学校附近，所以此前他与我们接触较少。但在全班男生中，我们都觉得最与我们性情投合的，那就非他莫属了。

树起郑重地说：你来得正好，有头等大事托负给你。

志松愣愣地问什么事。

云河反应快，立刻就明白什么事了，朝我翘翘下巴说：我们把他托付给你。没我们在身边了,你一定要多操点儿心,别让他哪天被打成"现行反革命"……

松山附和道:对对,这可真是头等大事!别的方面我们对他都没什么不放心的,就是他这里边太复杂了。只想不说还行,万一不该那么想的还偏要那么想,还要忍不住说,后果严重了!——他说时指自己太阳穴。

玉刚最后说:我们授你权,他一胡思乱想,你就替我们敲打他。

志松乐了,指点着我说:你听到没有?听到没有?他们几个把你交给我了!如果到了广阔天地你还胡思乱想,想了还说,看我不收拾你!……

当年的我们,本不过个个都是贫家子弟,而且又都是中学生,哪里谙知蛇信蝎毒的政治风云?又怎么能参与什么国家大事?于我,实在是由于耳闻目睹人斗人的冷酷乱象,厌恶至极,也压抑至极。每欲一逞少年之勇,以图释放罢了。对"文革"反动一下,却枉有此心,并无此胆。顾及家境,于是顾及自身,学做一个隐忍之"愤青"。于树起、云河、松山、玉刚四个,实在是怕他们的情义册上,哪天不得不划掉了我的姓名,痛心不已。

树起是一心要做"革命人"的。但"革命"在他那儿,是被充分理想化了的。他想做的是完全符合人道主义甚至足成楷模的"革命人"。"革命"一表现为凶恶,他内心就挣扎了,郁闷了,认为是"革命"的耻辱,不屑为伍了。

而云河、松山、玉刚三个,却只想本本分分地做人,什么"革命"不"革命"的，都当成是"专门好那个"的人的事。何况那等样的所谓"革命"，在他们看来是"集体演戏"，还怎么邪性怎么演。他们做"逍遥派"做得心安理得。志松也是那样。

当年倒是他们比我和树起都活得超然，活得明白，活得纯粹。

杨志松的父亲和刘树起的父亲一样，也是拉车的，当年也快六十岁了。他上有两个哥哥两个姐姐，下有一个妹妹。他当年下乡的想法也和"革命热情"无关。那一年他父亲病了，看起来以后不能再干拉车运货那么辛苦的活了；而大姐二姐大哥都已成家，自己小家庭的日子也都过得很拮据，二哥刚参加工作，每月仅十八元工资。仅以学习成绩而言，他也是那类升高中考大学不成问题的学生。但出于对全家今后生活的考虑，他下乡的决心毫不动摇。

有他这一名同班同学跟我一块儿下乡，真是我的幸运。知青专列一开，车上车下一片哭声，我俩却是微笑着向同学们挥手的，仿佛只不过是很短暂的离别。志松在哭声中对我说：到了地方，咱俩都得要求分在一个连队啊！

我说：当然。树起他们托付你管住我的嘴嘛！

他乐了，又说：明白就好，那以后就得服管。

事实上，到了北大荒以后，我并没太使他操心过我的思想和我的嘴。远离了城市，家愁不再是每天直接面对的了，令我嫌恶的"文革"现象也看不到了，便有一种心情豁然开朗的感觉。不太习惯的是每天三顿饭前必得正儿八百地"敬祝"一番。以前都是在家里吃饭，完全可以不那样的。但一到了连队，别人都那样，自己不习惯也得习惯！在食堂吃饭的老战士们原本并不那样的，见知青们那样，也只得那样了。而这一"革命"的日常仪式，是由几名女知青带的头。志松倒是很适应，我看出他还有几分喜欢那样。当然，他也看出了我的不情愿。

某日，他背着人问我：敬祝时你为什么好像是被迫的？

我告诉他：我读过一本法国人写的关于宗教的书。那本书里说，一日三餐是每人每天最重要的事，三餐不保，人心发慌。而宗教规定了餐前祈祷，其实从心理学上看，是一种日复一日的暗示方法。而使人革命，不该借助宗教手段……

他问：你怎么能看到那么一本书？

我说：我家隔壁收破烂的邻居收回来的一本残书，没头没尾。我一翻，觉得里边在讲我从不知道的知识，所以带回家读完了。

他又问：后来书呢？

我说：一本没头没尾的书，不值得收藏起来，做饭时烧了。

他一拍我肩：烧了就对了！我也同意你的想法。但那你也得装出高兴"敬祝"的样子，还绝不许对别人说你刚才那番话！

其实，不仅志松、树起、云河、松山、玉刚四人，也都多次同意过我对当年现实的不少看法。我记得云河曾当着我面对另外三个说：有时候我喜欢听晓声的一些想法。而平时最为少言寡语的玉刚则说过：难怪"文革"一起，首先要烧书……

志松又这么说：忘了那本书里怎么写的！你要把"敬祝"当成好玩儿的事，我就是当成好玩儿的事。或者，内心里也可以这么想，咱们真敬祝的是咱们爸妈。

我愣了愣,问你内心里这么想过?

他说:对!

从第二天,一日三餐他必叫上我和他一块儿进食堂。由他首先大声说出头几句,我只跟着说"万寿无疆"四字。

这种仪式并没持续多久。麦收一开始,每一名知青都领教了什么才叫"累"。一累,谁都没那种坚持下去的精神头了……

我下乡前,家中被褥刚够铺盖,所以我只带走了一床旧被子,没带褥子。第二年的布票棉花发下来之前,一年多以来,我一直睡在志松的半边褥子上。半夜一翻身,每每和他脸对头上脸了。正所谓"同呼吸,共命运"。他家替他考虑得周到,他带的东西全。而他的,基本上也可以说是我的。他的手套、袜子、鞋垫、短裤、衣服,我都穿过用过。他还多次向其他知青声明:我对梁晓声负有保护的责任啊,谁欺负他就是欺负我!尽管没什么人欺负我,但是分明的,他真的随时准备为我和别人打架。

一九六九年的十月末,又一大批一百多名知青于深夜被卡车送到了连队。他们还没全从车上下来,我和志松就听到谁在一声接一声喊我俩名字。循声找过去,车上站着云河、松山、玉刚三个!

沉默寡言的玉刚一见我俩,乐了,大声说:要是你俩不在这个连了,那我们仨不下车了,肯定再坐这辆车返回团部,打听清楚你俩在哪个连后,要求团里重新把我们分去!

我和志松自是喜出望外,逐个拥抱之,亲得流泪了。

他们三个是可以到离哈尔滨较近的一个团的，为了能和我俩在一起，却报名到了离哈尔滨最远的一团。

志松埋怨他们没先写信告知一下。

云河说要给你俩一个惊喜嘛！

松山老诚，承认是因为临时决定，走得急，从志松家和我家各要到一个家信信封就来了。

那时树起已在如愿以偿上高中。不过仅仅一年之后，他也下乡了。而且失去了来兵团的机会，去黑龙江边的饶河鄂伦春族为主的一个小村插队了。我们接到他寄自那个小村的信后，一个个都怅然若失，感到实在是我们的也是他的大遗憾。

如今回忆起来，我在兵团最觉舒心的时光，便是那以后的两年。与四个亲如兄弟的好同学朝夕相处，一概艰苦，几乎也都同时有着快乐的色彩。友谊确如一盆炭火。

那两年我如同有着多位家长的独生子——我因家事而犯愁了，他们几个会一起围着我进行安慰和劝解，志松还会为我唱歌；冬天到了，云河见我的棉裤太破了，处处露棉花了，就将他自己舍不得穿的，兵团发的一条新棉裤"奉献"给我了；玉刚和松山亲自动手，为我缝做了一床新被子；我要探家了，都主动问我打算往家带多少钱？由他们来凑；我探家回来了，路上将志松家捎给他的包子吃得一个不剩，他也只不过这么抱怨：你这家伙太不够意思了吧？怎么也得给我们一人留一个呀！……

但那样的时光仅仅两年多一些日子。

先是，志松调到团报导组去了，在国庆和春节的长假期间才有机会回连队看我们几个，最多也就住一两天。接着云河调到别的连队当卫生员去了。而两年后，志松上大学了，松山和玉刚随他俩的排调往别师的化工厂去了。

我自己，则经历了当小学老师、团报导员以及被"精简"到木材厂抬大木的三次变动。

正如我亲密的同学们所经常担忧的，我的知青生涯落至孤苦之境，最终竟真是由于思想由于话语。

但即使在那两年里，我的思想也还是有着一处可以安全表达的港湾；这便要说到徐彦了。

徐彦的家境，在我们班级里，当年也许是最好的了。他父亲是市立一院的医生。他母亲原本也是医生，因为患有心脏病，长年在家休养，但享有病假工资。而他哥哥曾是海军战士。复员后分配在哈市著名的大工厂里。徐彦是我们班几个没下乡的同学之一，也在他哥哥那个厂里当车工。我在班里当"勤务员"时，几乎去遍了全班男女同学的家，徐彦的家当年是最令人羡慕的家。不只我羡慕，每一个去过的同学都印象深刻，羡慕不已。房子倒不大，前后皆有花园，是有较高地基的俄式砖房。前窗后窗的外沿，砌出了美观的花边。门前还有数级木板的台阶，冬季一向扫得很干净，夏季徐彦还经常用拖布沾了水拖，那大约是他主要的一项家务。哈尔滨人家，很少人家能直接用上自来水。但徐彦家厨房里有自来水笼头，而我们几个，都从小抬过水，长大后以挑水为己任。我们在中学时代也是都没穿过皮鞋的,但他既有冬天穿的皮鞋,也有夏天穿的皮鞋。不论冬夏,他一向衣着整洁。最令我们向往的,是他自己有一小套屋子可住。不是一间,而是有"门斗"、厨房,分里外间的单独一小套,并且也是木地板。说到地板,我们几个的家里竟都没有。云河家的屋地要算"高级"一点儿了,却也只不过是砖铺的。另外几家的屋地,泥土地而已。那样一套小屋子,与他父母和妹妹住的屋子在同一个大院里。在那个大院里,几户有四五口人的人家,所居便是那么一套小屋子。他居然还拥有一架风琴,就在那小屋子里。总而言之,在我们看来,他当年实在是可以算作"富家子弟"了。他还是美少年,眉清目秀,彬彬有礼,我们几乎从没听他大声嚷嚷着说过话。他如果生气了,反而就不说话了。他的性格属于沉静的女孩子那种类型。

倘以我们的学校为中点,我们几个的家在同一边,而他的家在另一边。每天放学,一出校门,我们和他便反向而去了。在学校里,课间我们和他也是不太主动接触的。他终究还是成了我们情义小团体的一分子,起先是由于"文革"。"文革"中我们的身份虽然还是中学生,却没课可上了。于是以前不太来往的同学之间,相互也开始靠近了。后来,则是由于我和他的关系一下子变得亲近了。在我们初一下学期,我的哥哥患了精神病。在我们初二上学期,他才读小学三年级的妹妹,因为一点儿在学校里受的闲气,隔夜之间也不幸成了小精神病患者。我母亲听我说了,非要求我带她去徐彦家认认门,为的是以后经常向他的父母取经,学习怎样做好患精神病的儿女的家长。我无奈之下,只得于夏季里的一个晚上引领母亲去到了徐彦家。恐怕自己陪得无聊，我还带上了一部小说是《希腊悲剧选集》，也是从邻居卢叔家收的旧书堆中发现的。

母亲和徐彦的父母说话时，徐彦将我带到了他住的屋里。由于他的沉默寡言和我的自卑心理作怪，我表现得极矜持，低头看书而已。他则坐在我旁边表现着主人应有的热情，隔会儿一句找话跟我说。而他不说什么时，我则不开口。终于，他也问我看的是什么书。这一问，帮我打开了我的话匣子，对他讲起了书里的故事。两个多小时后母亲才告辞，而徐彦还没听够呢。几天后他受他父亲的吩咐，到我家来送安眠药，我向他展示了我犯禁仍收藏着的十几部书，建议他选一两部带回家去看。

他说：这些书以后中国不会再有了，如果别人在我家看到了也向我借，万一还不回来怎么办？我这人嘴软，别人一开口借，我肯定会借给的。

我说：失去了，我认了，绝不埋怨你。

他想了想，却说：我还是不借的好。以后咱俩在一起，我听你讲就是了，我爱听你讲。

后来，母亲经常独自去他家，成为他家常客。因为儿女患同一种病，我的母亲和他的父母之间，渐生相互体恤的深情。当年即使有证明，也可能一次从医院买出十几片安眠药，而徐彦的父亲，可为母亲一次买出一小瓶来，这减轻了母亲总去医院的辛苦。自然的，我和徐彦的关系也逐渐亲密了。我以每次见到他都给他讲故事的方式报答他父亲对我家的帮助。

他哥哥参军了，他妹妹有那样的病，他母亲还有心脏病——这些综合理由，使他可以免于下乡。

我下乡后，每从兵团给他写信，嘱他去我家替我安慰我的母亲；教导我的弟弟妹妹们听母亲的话；实际看一下我哥哥的病情。而他对我的嘱托一向当成使命，往往去了我家，一待就是半天。其实我觉得他是不善于安慰人的，但却是特有耐心的倾听者。他的心也善良得如同一位院长嬷嬷。我想我的母亲向他倾诉心中的悲苦时，一定也仿佛是在对具有宗教般善良情怀的人倾诉吧。

他是个天生看不进书的人，也是一个天生懒得给别人回信的人。他竟回了我几次信，那于他真是难能可贵的事了。

"我到你家去了，带去了我父亲替你母亲买的药，和大娘聊了两个多小时的家常。你家没什么更不好的事，你也别太惦家……"

"我也很寂寞。厂里还有许多人热衷于搞派性斗争，很讨厌。同学们都下乡了，周围缺少友谊，更没人给我讲有意思的故事听了……"

他信上的字写得很大，也很工整；却看得出，每多写一行字，大概要想半天。

我虽精神苦闷，情绪消沉，但给他写的信，内容一向不乏发生在兵团的极有趣的事。我不愿用我的不快乐影响他。

故他给我的回信中，也曾有过这样的文字：读你的信，是我愉快的时候……

在我上大学前的一年，被黑龙江出版社借调了三个月。那三个月里，他家的一位常客不再是我的母亲，而是我自己了。出版社自然仍是"知识分子成堆"的单位；比之于平民百姓，知识分子显然是更加忧国忧民的。那一年的中国，并没麻木不仁的中国人胸中忧成块垒，积怨如地火般悄然运行。我每天在出版社都会加入值得信任的人之间的私议之中。而我在他家里，也就不仅仅是只讲故事给徐彦听了，而是"讲政治"给他的父母听了。至于他，倒成了一旁的陪听者。他的父母，既不但是知识分子，而且还是有社会良知的那类。每逢我讲到义愤时，竟也情不自禁地插话，诅咒祸国殃民者流。我讲到希望所在时，他父亲还会激动得陪我吸一支烟。我是极少数由他父亲陪着在他家吸过烟的人；他父亲一年也吸不了几支烟的。

每次我走他都送我，有时送出很远。

他不止一次告诫我：千万记住我爸妈的叮嘱，那些话绝不能跟别人说。你以为有的人值得信任，可万一你的感觉错了呢？人出卖人的事咱们知道的听到的还少吗？……记住行吗？

他那时的口吻，更像一位院长嬷嬷了。我就说：行。他说过：我可不是怕万一你出事了，我和我父母受你牵连。枪毙你你都不会出卖我们的，这我绝对相信。可……你是我最不愿失去的朋友啊！你如果出事了，我不是就连个与我通信的朋友都没有了吗？……那时我不由得站住，睇视他，整个心感动得发烫。当年，当年，当年真是不堪回首，思想成了令亲友们极度担心的事。当年，当年，当年真是难以忘怀，有那样一些中学同学的情义，如同拥有过美好爱情。因为在邪恶年代也曾拥有那样一种情义，我决定我死前要对这个世界虔诚地说：谢谢。

去年我回家乡城市，我们所有以上几名同学聚在了一起。大家都老了，也都还在为各自的家庭劳作。树起两口子都退休了，他曾为了增加家庭收入开过一个小饭店，没挣到多少钱还累出了心脏病；徐彦为了帮婚后的儿子还买房贷款，虽也退休了仍得找活干，在外县的一处工地上开大型挖土机；志松从一份医学杂志总编的位置退下来后，在家带孙子，偶尔打麻将；云河、玉刚、松山也都白了头发，而我已十几年没见到他们了。彼此脸上都有被人生折腾出来的倦容，却又都竭力表现出快乐，争取给朋友们留下毫无心事的印象。然而我清楚，每人都有各自的远忧近虑。

树起缓缓饮了一口茶（他心脏做手术后滴酒不沾了），看着我慢条斯理地说：现在，咱们对这家伙，终于可以放心了。

志松反应快，紧接着说：当年你们几个托付给我的责任，我可尽到了啊！他后来在复旦大学上学，我已大学毕业分配到了北京，有次出差南京，还专程绕到上海，告诫他务必学会保护自己呢！……

云河说：做得对，应该表扬！他上大学那三年，据说中国被打成现行反革命的人更多了。松山说：要说现在咱们对这家伙可以放心了，那也还是早点儿。什么时候他不写了，咱们才能彻底放心。玉刚说：现在中国没有反革命罪了。而且，我看这家伙的思想也不像当年那么"反动"了……

大家就都笑了。徐彦待大家笑过，也看着我说：别深沉了，讲讲吧！我问：讲什么啊？他说：讲国家呗。你当年最爱讲国家大事的呀！我想了想，这么说了一番话：中国现在问题很多，有些社会矛盾又突出又尖锐。可即使这样，我也还是觉得，倒退回去肯定不是出路。我们要告诉我们的儿女，从前的中国，与现在的中国相比，是一个无望的国家和一个大有希望的国家的区别……

玉刚乐了：都听到了吧？不但不反动了，还特革命了呢！志松接着不客气地说：你小子打住！当你是谁呀？大领导呀？在对我们做报告呀？不许装模作样了，喝酒喝酒！于是除了树起，都擎起杯来一饮而尽。我也是。大家刚放下杯，树起又说：但这家伙刚才的话，我完全同意。云河问：咱们刚才反对了吗？松山他们几个就摇头。志松一一往大家的怀里斟满酒，站起来，朗声道：本人提议……我抢着说：为情义干杯！志松说：错。我要说的是为中国的大有希望！咱们晚年的幸福指数还指望一点呢，过会儿再为情义干杯！于是都站了起来，都一饮而尽。连树起，也将杯里的茶水喝光了。都老了的我的亲爱的几位中学同学，那时记得一个个写着倦意的脸上，呈现着难掩的期盼了……

2011 年 6 月 12 日于北京

第 四 辑

有所准备的人,必能从糟的活法重新过渡向另一种好的活法,避免被时代碾在它的轮下。

木匠哪里去了

我的"兵团战友"姚伦,是木匠的儿子,也是木匠的孙子。我当知青的七年中,有五年多的时间和他同在一个连队。朝夕相处,友情深焉。

他祖父是那类背着工具箱,游走民间揽活为生的木匠。父亲是哈尔滨市某家具厂的八级师傅。当年那厂里只有一位八级木匠,全哈尔滨市也不会超过五位。有次开"群英会",各行各业的"英模"现场"大比武"。他的父亲夺得了木工组"全能第一"的奖牌,从此戴上了"木工王"的桂冠,成为木工行业至尊至圣的"权威人物"。

既是"权威",哪怕是工匠"权威","文革"中也是少不了要挨斗的。挨斗之后,被厂里"扫地出门"了。知识分子——科学家、作家、艺术家、学者、教授之类,一斗就"臭"了、就斯文丧失了。他们的学识和所长,仿佛也就贬值了,"英雄无用武之地"了。但有两类人却是越斗越香的,便是医生和木匠。用今天的说法,简直就意味着是"炒"他们的名气了。一位医生,某日一旦被戴上"大权威""小权威"的纸糊高帽,挂上"业务白专人物"的牌子游街示众,那就等于做广告,全城家喻户晓了。于是从医院到家里,一拨一拨的人点名道姓,非要被游斗过的他们诊病治病不可。老百姓才不傻呢,心里明镜似的,知道在什么情况下应该毫不犹豫地选择什么人指望什么人拯救自己。包括白天批过"权威"斗过"权威"的"造反派"甚至"专案组"的人,晚上也会带着自己患了疑难病症的至爱亲朋,隐至"权威"的家里,请求他们按照毛主席的"最高指示"——"救死扶伤,发扬革命的人道主义"。或用小汽车将"权威"们悄悄接到自己家里……

在这一点上木匠和医生相比差不多是同等的幸运。当年中国人对一个理想的"家"的设计和要求,是以"腿儿"作标准的。写字台四条腿儿,大立柜四条腿儿,一组沙发十二条腿儿……据说,应有尽有,添置齐全了,大约"四十六条腿儿"。当然,这是一流标准,权势者的标准,是处以上干部们的家的起码水平,是科长们追求和向往之的家的水平,是老百姓们梦寐以求的水平。

一对儿恋人打算登记结婚了,女方每每问男方——预备下多少条"腿儿"了?倘"腿儿"的数量太少,女方是要噘嘴儿,甚至是要掉眼泪要犯急的,那么婚期就得往后拖。当年哈尔滨的小伙子结婚前,主要是为"腿儿"的多少而操心上火,而大伤脑筋,而四处奔忙。一间新房,怎么也得有二十几条"腿儿"牢立在地,才能向新娘交代得过去,才能将新娘高高兴兴地迎入。"革命"耽误了中国科技的发展,耽误了中国生产的发展,但却从没耽误过中国的男人和女人结婚。

老百姓身上的衣服,总是要补的,总是要换的;老百姓家里的家具,总是要修的,总是要更新的。衣服到处都有卖的,全市却仅有两处家具店,而且买家具是要凭票的。当年的一级工二十四元月薪,二级工三十六元,三级工四十二元。当年四十岁以下的中国人,能升到三级工的是极少数。筹备结婚的年轻人,月薪普遍在二十四元,仅够买一张写字台的一条腿儿。所以,打算结婚的年轻人,打算添置新家具的人家,即使是处长之家局长之家,一般也都得千方百计备下些木料,请木匠师傅给做。

被家具厂的"造反派"们"扫地出门"的"木工王",身价不跌,反而倍增。在人们的广泛的需求意识中,仍是木工行业的"无冕之王"。主动上门央求做家具的人们无计其数,工期排得满满的,天天做也做不完。相求的人们,除了付工钱,照例还得要送份儿礼。八级木工的月薪是八十八元,"木工王"反而因为被妒得福,每月收入都在二百元以上。比家具厂的"造反派"们更有权势的"造反派"们也免不了有求他的时候。既求他,当然就得庇护着他点。家具厂的"造反派"们,尽管对他妒上加妒,却奈何不得他。他忙不过来,就要儿子做帮手,指导儿子学起木工来。所以我的"战友"在下乡前就是一名好木工了。正所谓名师出高徒。

他下乡不久,主动要求调到了木工班。一年后,手艺超群显示,将连里一些从未受过指导的滥竽充数的木匠的手艺全比下去了。于是名声大噪。老职工,老战士,知青们都纷纷求他做各式各样的桌子,各式各样的柜子,各式各样的箱子。他从不收钱。收钱性质就变了。他很明智,恪守着不收钱的原则。以业余时间帮人忙播种人情。人缘广泛,口碑甚佳。

有一年团政委到我们连"蹲点",先是发现我们连的知青几乎人人都有木箱,而且工艺都是那么的细致,漆色也涂得那么的棒。接着发现许多老战士老职工家里的桌子柜子,都是崭新的。样式又都那么的美观,大为惊诧。于是召开现场会,严厉批判用公家木料做私人家具的不良现象。批判了一通之后,对姚伦的木工手艺,却又赞不绝口。说想不到知青中会存在手艺如此高超的木工巧匠!说可惜知青中没有八级。若有,一定特批姚伦为八级木工!……

于是从那一天起,姚伦虽然姓名仍在连队的花名册上,但差不多属于半个团里的人了。一年中有半年的时间,被抽调到团里去为各办公室,为礼堂,甚至为首长们个人做这做那。他像他父亲一样,成了团里的"木工王"。最多时,手下指挥着二三十名木工。

那是他的人生最辉煌的阶段。

后来他结婚了。妻子是位漂亮又贤惠的当地姑娘。

他家里的家具的"腿儿",也许是全团人家里最多的。

后来他有儿子了。

后来和大批知青一样,他返城了。

他返城时遇到了棘手的难题。因为妻子不是知青,落不上城市户口,牵连着儿子也落不上城市户口。于是他给各方各面的人白做家具,打通一重重障碍。他的木工手艺在关键时刻帮了他。一年后他妻子儿子的户口全落上了。靠了木工手艺，他为妻子解决了工作。为他们三口之家谋到了住房——一幢新楼的一间半地下室。虽然是地下室，但在当年，相比于返城后一无所有，一切都得从零开始的广大知青，他还是幸运的，令人羡慕的。

但是他自己却不急于谋职。谋职对他并不难。他嫌正式工作工资太低。他成了返城知青中最早的一名个体手艺劳动者。每月一百多元，二百来元。今年干着，同时揽着明年的活儿，仿佛足以一直从容不迫地干下去。

相比而言，在返城知青中，当年他的小日子过得相当滋润。爱妻娇子、和和美美。衣食不愁，每月还有点儿积蓄。

到了八十年代中后期，他的活法开始受到威胁了。拥入城市的大批的民工中，也有不少像他祖父那类背着工具箱游走于民间的木匠。尤其南方来的一些木匠，活儿做得也很细。工艺也很讲究。北方人又天生在许多方面迷信南方。于是南方的木匠们，在北方的这座城市特别吃香了。正如那句话说的——"外来的和尚好念经。"

他妻子就劝他："活儿少了，只怕干不了几年了，趁早儿找个正式工作吧？"他却不以为然。说几百万人口的一座城市，到什么时候也少不了木匠啊！我就不信南方来的木匠，会挤得我有没活儿干那一天。然而世事的发展变迁，远比他所预料的要快得多。第二年市里的某一家具厂与国外合资，引进了一条流水线。市场上出现了样式美观工艺上乘的组合家具。广告做得铺天盖地，迅速成为名牌，也迅速改变了人们的家具需求观念。翌年又有两家合资家具厂诞生。三足鼎立，展开激烈竞争。南方来的木匠们在家具厂的激烈竞争中，从这座城市里消失了，撤退了，他也陷入了失业之境。他当然就不得不急着谋职了。"会什么？""木工活儿。我父亲是当年本市的'木工王'！……""是么？可我们不需要木匠啊！除了木工活儿你还会什么？"他不得不承认，除了会木工活儿，再无所长。"那，我们缺个勤杂工你干不干？""勤杂工？""就是打扫厕所、打扫环境卫生的人。""这……每月多少钱？……""二百多吧！""其他呢？""没什么其他了！"斯其时已是九十年代初，他已经四十余岁了。物价早已涨了几倍了，下岗的工人一天比一天多了。他倍觉受辱，自然是不肯干的。但是四处碰壁，所遇情况差不多。他在失业之境中闲了两年。早些年的积蓄花光了。每月只能靠妻子的低微收入勉强度日了。那一种闲可不是他情愿的，也是心情非常愁闷的。

城市非但不再需要细木工了，甚至也不再需要车工、钳工、铣工、刨工了……

十年河东，十年河西。彼生此亡，日新月异。对一部分人，一个英雄大有用武之地，机会多多的时代，正微笑着向他们招手示意。对另一部分人，这时代六亲不认地鄙视地板起了面孔，冷冷地宣布他们为多余的人。

今天，你在任何城市里都难得看见背着工具箱走街串巷的木匠了。哪一座城市每年不搞几次家具大联展大甩卖呢？

他曾经在朋友介绍的一个室内装修队干了两个月。可室内装修他是生手，也根本无须太高的木工技能，一切也都是流水线上生产的规格化了的材料，往往只需拼贴粘牢就是了。而且其美观程度，远非一切能工巧匠的手艺达得到的。规模生产的工艺水平，对工匠们的劳动方式的淘汰，竟是那么的铁面无情。二十几岁的小伙子中出了一批又一批装修业的行家里手，他在装修队只配给他们当小工，整日被呼来唤去支使得团团转。收入当然是很低的。他的自尊被瓦解，只干了两个月就不干了。

他也曾背着工具箱到郊县甚至农村去找活儿干。但是郊县和农村的人家也不自备木料请匠人做家具了。到城里收购旧家具，不是更便宜更省事么？何况，城里又兴起了旧家具拍卖业。很新很适用的家具，只因样式过时了，城里人家就卖了。大衣柜才三四十元，写字台才二三十元，一对箱子往往只标价十五元。有些正是他十年前亲手做成的。当然，郊县和农村也还有要修理家具的人家。可单靠挣点儿修理费，他是养不了家口维持不了生活的。

他设油锅炸过油条。炸油条相比于学成一名业熟艺精的木匠，当然是简单容易的。但他每每守着油锅，思想开小差，回忆自己当年是一名好木匠的好日子，并长吁短叹那好日子的不再复返。结果油条不是炸焦了就是缺火候，不久便干不下去了。

他也摆摊儿卖过菜，但不善吆喝。也吃不了那份儿起早贪黑的苦。尤其耐不住那种一上午或一下午无人问价空守摊位的寂寞。一个月算下来，没亏没挣。白干了。因白干而不干了。

他妻子偏偏那时下岗了。

他心情灰颓，忧上加忧，开始借酒浇愁。渐渐酗酒成性，沦为酒徒。

去年，我有一位朋友组成了一个建筑施工队，干得挺红火。我想到了他，赶紧去信替他联系。朋友回信说——既然大家都是朋友，那就让他来找我吧！不必他干什么活儿，打算让他当个小工长。工资嘛，也保证不会亏待他的。

我正替他高兴着，却有确凿的消息传来——他自杀了。

噫吁呼！

我为他的死难过了许多日子。

在那些日子里，我常因他而思考时代的变迁。觉得"发展"二字，既是一个给许多人带来大机遇大希望大转运的词，也是一个使许多人陷入窘境困境懵懂不知所措的词啊。它包含着相当冷酷的意味儿。

一个这样的时代正逼近我们中国人的面前——它的轮子只管隆隆向前，绝不为任何一个行动迟缓的人减慢速度或停下来稍等片刻。你要么坐在它的车厢里，它的车厢的等级是分得越来越细越多了；你要么跟着它的轮子飞跑疲于奔命，待它到哪一站"加水"时跃身上车；你要么具有根本不理睬它开到哪儿去的经济基础和心理素质，有资格并且自甘做一个时代发展的旁观者局外人。而最不幸的是你对它的多变性冷酷性预见不到估计不足，被碾在了它的轮下……

几乎我们百分之九十的人，都不得不经常想到——今天对于我们已习惯了的活法，可能明天早晨醒来就被彻底扰乱了。并且都不得不经常问自己——那时你还怎么活？

也许，从今以后，父母在儿女长到十来岁的时候，就有责任使他们渐渐明白——他们必须为他们以后的人生，设想起码三种不同的活法，从好的到糟的。而且使他们渐渐明白，只要人留意关注时代，那么它将要甩掉某些人之前，总是会显出些迹象的。忽略了这些迹象的发生，不再是时代的过错，而只能承认自己对自己没尽到责任了。

当然，也应讲到这一点，对于有所准备的人，从好的活法跌入糟的活法，其实并不意味着处境绝望，也并不真的那么可怕。需要耐心和承受力，经得起摔掷的自尊和从头来过的自信罢了。正如儿童搭积木，一次次倒了再一次次重来时需要耐心和自信一样。

有所准备的人，必能从糟的活法重新过渡向另一种好的活法，避免被时代碾在它的轮下。

它不偿命。

人对待它的最不可取的态度是轻生……

玉顺嫂的股

九月出头，北方已有些凉。

我在村外的河边散步时，晨雾从对岸铺过来。庄稼地里，割倒的苞谷秸不见了，一节卡车的挂斗车厢也被隐去了轮，像江面上的一条船。

这边的河岸蓊生着狗尾草，草穗的长绒毛吸着显而易见的露珠，刚浇过水似的。四五只红色或黄色的蜻蜓落在上边，翅子低垂，有一只的翅膀几乎是在搂抱着草穗。它们肯定昨晚就那么落着了，一夜的霜露弄湿了翅膀，分明也冻得够呛。不等到太阳出来晒干双翅，大约是飞不起来的。我竟信手捏住了一只的翅膀，指尖感觉到了微微的水湿。可怜的小东西们接近着麻木了，由麻木而极其麻痹。那一只在我手中听天由命地缓缓地转动着玻璃球似的头，我看着这种世界上眼睛最大的昆虫因为秋寒到来而丧失了起码的警觉，一时心生出忧伤来。"穿花蛱蝶深深见，点水蜻蜓款款飞"的季节过去了，它们的好日子已然不多，这是确定无疑的。它们不变得那样还能怎样呢？我轻轻将那只蜻蜓放在草穗上，而小东西随即又垂拢翅膀搂抱着草穗了。河边土地肥沃且水分充足，狗尾草占尽生长优势，草穗粗长，草籽饱满，看去更像狗尾巴了。

"梁先生……"

我一转身，见是个少年。雾已漫过河来，他如在云中，我也是。我在村中见到过他。

我问："有事？"

他说："我干妈派我，请您到她家去一次。"

我又问："你干妈是谁？"

他腼腆了，讷讷地说："就是……就是……村里的大人都叫她玉顺嫂那个……我干妈说您认识她……"

我立刻就知道他干妈是谁了。

这是个极寻常的小村，才三十几户人家，不起眼。除了村外这条河算是特点，此外再没什么吸引人的方面。我来到这里，是由于盛情难却。我的一位朋友在此出生，他的老父母还生活在村里。村里有一位民间医生善推拿，朋友说治颈椎病是他的"绝招"。我每次回哈尔滨，那朋友是必定得见的。而每次见后，他总是极其热情地陪我回来治疗颈椎病。效果姑且不谈，其盛情却是只有服从的。算这一次，我已来过三次，已认识不少村人了。玉顺嫂是我第二次来时认识的——那是冬季，也在河边。我要过河那边去，她要过河这边来，我俩相遇在桥中间。

"是梁先生吧？"——她背一大捆苞谷秸，望着我站住，一脸的虔敬。

我说是。她说要向我请教问题。我说那您放下苞谷秸吧。她说背着没事儿，不太沉，就几句话。

"你们北京人知道的情况多，据你看来，咱们国家的股市，前景到底会怎么样呢？"

我不由一愣，如同鲁迅在听祥林嫂问他：人死后究竟是有灵魂的吗？

她问得我心里咯噔一下。

我是从不炒股的。然每天不想听也会听到几耳，所以也算了解点儿情况。

我说："不怎么乐观。"

"是么？"——她的双眉顿时紧皱起来了。同时，她的身子似乎顿时矮了，仿佛背着的苞谷秸一下子沉了几十斤。那不是由于弯腰所致，事实上她仍尽量在我面前挺直着腰。给我的感觉不是她的腰弯了，而是她的骨架转瞬间缩巴了。

她又说："是么？"——目光牢牢地锁定我，竟有些发直，我一时后悔。

"您……也炒股？"

"是啊，可……你说不怎么乐观是什么意思呢？不怎么好？还是很糟糕？就算暂时不好，以后必定又会好的吧？村里人都说会的。他们说专家们一致是看好的。你的话，使我不知该信谁了……只要沉住气，最终还是会好的吧？"

她一连串的发问，使我根本无言以对，也根本料想不到，在这么一个仅三十几户人家的小村里，会一不小心遇到一名股民，还是农妇！

我明智地又说："当然，别人们的看法肯定是对的……至于专家们，他们比我有眼光。我对股市行情太缺乏研究，完全是外行，您千万别把我的话当回事儿……否极泰来，否极泰来……"

"我不明白……"

"就是……总而言之，要镇定，保持乐观的心态是正确的……"

我敷衍了几句，匆匆走过桥去，接近着逃掉。

在朋友家，他听我讲了经过，颇为不安地说："肯定是玉顺嫂，你说了不该那么说的话……"

朋友的老父母也不安了，都说那可咋办？那可咋办？

朋友告诉我，村里人家多是王姓，如果从爷爷辈论，皆五服内的亲戚关系，也皆闯关东的山东人后代，祖父辈的人将五服内的亲戚关系带到了东北。排论起来，他得叫玉顺嫂姑。只不过，如今不那么细论了，概以近便的乡亲关系相处。三年前，玉顺嫂的丈夫王玉顺在自家地里起土豆时，一头栽倒死去了。那一年他们的儿子在上技校，他们夫妻已攒下了八万多元钱，是预备翻盖房子的钱。村里大部分人家的房子都翻盖过了，只她家和另外三四家住的还是从前的土坯房。丈夫一死，玉顺嫂没了翻盖房子的心思。偏偏那时，村里人家几乎都炒起股来。村里的炒股热，是由一个叫王仪的人煽乎起来的。那王仪曾是某大村里的中学的老师，教数学，且教得一向极有水平，培养出了不少尖子生，他们屡屡在全县甚至全省的数学竞赛中取得名次及获奖。他退休后，几名考上了大学的学生表达师恩，凑钱买了一台挺高级的笔记本电脑送给他。不知从何日起，他便靠那台电脑在家炒起股来，逢人每喜滋滋地说：赚了一笔又赚了一笔。村人们被他的话拨弄得眼红心动，于是有人就将存款委托给他代炒。他则一一爽诺，表示肯定会使乡亲们都富起来。委托之人渐多，玉顺嫂最终也把持不住欲望，将自家的八万多元钱悉数交付给他全权代理了。起初人们还是相信他经常报告的好消息的。但消息再闭塞的一个小村，还是会有些外界的情况说法挤入的。于是有人起疑了，天天晚上也看起电视里的《财经频道》来。以前，人们是从不看那类频道的，每晚只选电视剧看。开始看那类频道了，疑心难免增大，有天晚上大家便相约了到王仪家郑重"咨询"。王仪倒也态度老实，坦率承认他代每一户人家买的股票全都损失惨重。还承认，其实他自己也将他们两口子多年辛苦挣下的十几万全赔进去了。他煽乎大家参与炒股，是想运用大家的钱将自家损失的钱捞回来……

他这么替自己辩护：我真的赚过！一次没赚过我也不会有那种想法。我利用了大家的钱确实不对，但从理论上讲，我和大家双赢的可能也不是一点儿没有！

愤怒了的大家哪里还愿多听他"从理论上"讲什么呢？就在他家里，当着他老婆孩子的面，委托给他的钱数大或较大的人，对他采取了暴烈的行动，把他揍得也挺惨。即使对于农民，当今也非仓里有粮，心中不慌的时代，而同样是钱钞为王的时代了。他们是中国挣钱最不容易的人。明知钱钞天天在贬值已够忧心忡忡的，一听说各家的血汗钱几乎等于打了水漂儿，又怎么可能不急眼呢？兹事体大，什么"五服"内"五服"外的关系，当时对于拳脚丝毫不是障碍了。第二天王仪离家出走了，以后就再没在村里出现过。他的家人说，连他们也不知他的下落了。各家惶惶地将所剩无几的股渣清了仓。

从此，这小村的农民们闻股变色，如同真实存在的股市是真真实实的蟒蛇精，专化形成性感异常的美女，生吞活咽幻想"共享富裕"的人。但人们转而一想，也就只有认命。可不嘛，些个农民炒的什么股呢？说到底自己被忽悠了也得怨自己，好比自己割肉喂猛兽了，而且是猛兽并没扑向自己，自己主动割上赶着喂的，疼得要哭叫起来也只能背着人哭到旷野上去叫呀！

有的人，一见到或一想到玉顺嫂，心里还会倍受道义的拷问与折磨——大家是都认命清仓了，却唯独玉顺嫂仍蒙在鼓里！仍在做着股票升值的美梦！仍整天沉浸于她当初那八万多元已经涨到了二十多万的幸福感之中。告诉她八万多元已损失到一万多了也赶紧清仓吧，于心不忍，怕死了丈夫不久的她承受不住真话的沉重打击；不告诉呢，又都觉得自己简直不是人了！我的朋友及他的老父母尤其受此折磨，因为他们家与玉顺嫂的关系真的在"五服"之内，是更亲近的。

朋友正讲着，玉顺嫂来了。朋友一反常态，当着玉顺嫂的面一句接一句数落我，极尽讽刺挖苦之能事，无非说我这个人一向不懂装懂，自以为是，由于长期被严重的颈椎病所纠缠，看什么事都变成了不可救药的悲观主义者云云。朋友的老父母也参与演戏，说我也曾炒过股，亏了几次，所以一谈到股市心里就没好气，自然念衰败经。我呢，只有嘿嘿讪笑，尽量表现出承认自己正是那样的。

玉顺嫂是很容易骗的女人。她高兴了，劝我要多住几天。说大冬天的，按摩加上每晚睡热乎乎的火炕，颈椎病会有减轻。

我说是的是的，我感觉痛苦症状减轻多了，这个村简直是我的吉祥地……

玉顺嫂走后，我和朋友互相看看，良久无话。我想苦笑，却连一个苦的笑都没笑成。朋友的老父母则都喃喃自语。一个说："这算干什么？这算干什么……"另一个说："往后还咋办？还咋办……"

我跟那礼貌的少年来到玉顺嫂家，见她躺在炕上。她一边坐起来一边说："还真把你给请来了，我病着，不下炕了，你别见怪啊……"那少年将桌前的一把椅子摆正，我看出那是让我坐的地方，笑笑，坐了下去。我说不知道她病了。如果知道，会主动来探望她的。她叹口气，说她得了风湿性心脏病，一检查出来已很严重，地里的活儿是根本干不了啦，只能慢慢腾腾地自己给自己弄口饭吃了。我心一沉，问她儿子目前在哪儿。她说儿子已从技校毕业，在南方打工。知道家里把钱买成了股票后，跟她吵了一架，赌气又一走，连电话也很少打给她了。我心不但一沉，竟还疼了一下。她望着少年又说，多亏有他这个干儿子，经常来帮她做点儿事。

接着问少年："是叫的梁先生吗？"我替少年回答是的，夸了他一句。玉顺嫂也夸了他几句，话题一转，说她是请我来写遗嘱的。我一愕，急安慰她不要悲观，不要思虑太多，没必要嘛。玉顺嫂又叹口气，坚决地说：有必要啊！你别安慰我了，安慰我的话我听多了，没一句能对我起作用的。何况你梁先生是一个悲观的人，悲观的人劝别人不要悲观，那更不起作用了！你来都来了，便耽误你点儿时间，这会儿就替我把遗嘱写完吧……

那少年从抽屉里取出纸、笔以及印泥盒，一一摆在桌上。在玉顺嫂那种充满信赖的目光的注视之下，我犹犹豫豫地拿起了笔。按照她的遗嘱，子虚乌有的二十二万多元钱，二十万留给她的儿子，一万元捐给村里的小学，一万元办她的丧事，包括修修她丈夫的坟，余下三千多元，归她的干儿子……

我接着替她给儿子写了封遗书，她嘱咐儿子务必用那二十万元给自己修一处农村的家园，说在农村没有了家园的农民的儿子，人生总归是堪忧的，并嘱咐儿子千万不要也炒股，那份儿提心吊胆的滋味实在不好……我回到朋友家里，将写遗嘱之事一说，朋友长叹道："我的任务总算完成了。希望由你这位作家替她写遗嘱，成了她最大的心愿……"我张张嘴，一个字也没说出来。序、家信、情书、起诉状、辩护书，我都替人写过不少，连悼词，也曾写过几次的。遗嘱却是第一次写，然而是多么不靠谱的一份遗嘱啊！值得欣慰的是，同时代人写了一封语重心长的遗书，一位母亲留给儿子的遗书，一封对得住作家的文字水平的遗书……

这么一想，我心情稍好了点儿。第二天下起了雨。第三天也是雨天。第四天上午，天终于放晴，朋友正欲陪我回哈尔滨，几个村人匆匆来了，他们说玉顺嫂死在炕上。朋友说："我不能陪你走了……"他眼睛红了。我说："那我也留下来送玉顺嫂入土吧，我毕竟是替她写过遗嘱的人。"

村人们凑钱将玉顺嫂埋在了她自家的地头她丈夫的坟旁，也凑钱替她丈夫修了坟。她儿子没赶回来，唯一能与之联系的手机号码被告诉停机了。

没人敢做主取出玉顺嫂的股钱来用，怕被她那脾气不好的儿子回来时问责，惹出麻烦。那是一场极简单的丧事，却还是有人哭了。丧事结束，我见那少年悄悄问我的朋友："叔，干妈留给我的那份儿钱，我该跟谁要呢？"朋友默默看着少年，仿佛聋了，哑了。他求助地将目光望向我。我胸中一大团纠结，郁闷得有些透不过气来，同样不知说什么好。路边草丛之下，遍地死蜻蜓。一场秋雨一场寒……

黑　帆

你在遥望什么？你？你看到月亮已经出现了么？像锡纸剪的一个扁圆裱在半天空，又像慵倦而苍白的少女的脸。你看到那血红的落日了么？它仍依恋着地平线上的一座孤丘。日轮和丘廓若即若离的亲吻是何等深情！你受感动了么？你看那又是什么？那上下盘旋于落日和孤丘周围的？那是一只苍鹰。这孤傲的猛禽，它似乎永远不需要伴侣。你也是孤独的。你需要一个伴侣么？你？难道你不是在遥望？而是在幻想？你又在幻想什么呢？幻想爱情？爱神的弓矢绝不会再瞄准你。这是你的命。你知道。荒原上只有你一个人。这么广袤的荒原！这么孤傲的你！还有那只孤独的苍鹰。你的孤独在地上，它的孤独在天上。

陪伴你的只有那台二百五十马力的、从美国引进的大型拖拉机，可它不施舍温情。虽然它也有一颗心，但那是钢铁的；虽然它也有不沉默的时候，但它的语言，是发动机震耳欲聋的轰响。它的语言无法安慰你的灵魂。

在天空由明入暗的这个朦胧的过渡时期，荒原又是多么寂寥！你的内心也是一个寂寥的世界？你注意到了么？天空的暝昧和荒原的暝昧，是怎样在渐渐地互相渗透着，形成无边无际的氤氲，逼向那苍穹的绝顶？你内心里的暝昧却是无处渗透的。不能升向天空，也不能溢向大地。荒原上只有你一个人。你究竟在想什么？你究竟在遥望什么？夕阳终于沉没到孤丘后面去了。这宇宙之子啊，仿佛无声地爆炸了，熊熊地燃烧了。它用它全部的余晖，温存地笼罩着宁静的孤丘。半边天空也被它殉情的光焰辐射得通红！几朵絮状的瓦灰色的云，极有层次地镀上了环环灿烂的流苏。爱的牺牲，在大自然中也是美的，也是诗。

夕阳的余晖透过拖拉机驾驶室的玻璃，也照耀在你脸上。难道你这么久久凝视的，是你自己的脸？你的脸映在玻璃上，很模糊，但你却并不想看得更清楚，是么？长久凝视自己烧伤过的脸，是需要勇气的。玻璃上，你那乌黑的头发和驼色的绒衣领口之间，你的脸像被蚀的浮雕，像锈损的铁面具。疤痕占领了你的脸，却没有改变你这张脸的轮廓。你的五官仍然线条分明，呈现着粗糙的英气。美与丑那么鲜明那么对立地凝固在你脸上。在一百个脸被严重烧伤的人中，也许只能有一个人的脸还会遗留下美的痕迹。

这是你的不幸，也是你的幸运。你凝视着自己，心中就是在想这一点么？不，不对，你想的不是这一点。当一个人想到幸与不幸时，眼睛里必定会流露出茫然的目光。幸与不幸，这是人类为自己的命运创造的词汇。人想到与命运有关的一切，茫然就会弥漫整个内心。

而你的眸子里此时此刻却闪耀着多么奇特的光彩！你心灵深处究竟产生了什么样的幻想呢？你在神往，你在憧憬，正是这样！难道你面对广袤的荒原，在这黄昏与暗夜交替的宇宙最神秘的时刻，孤独地体验着大自然静谧而无限的诗意么？孤独也是诗。你也是诗。你，你这荒原的孤独的守夜者，你是一首长诗中的一个短句，你甚至只是一句诗中的一个符号。你那干燥的双唇微动了一下，从你口中吐出了一个字：

"帆……"你为什么要想到这个字呢？帆——一个充满诗意的字。只有你自己知道，这个字也是一首长诗。从童年到少年到你现在——三十五岁的年龄，从会说这个字，到会写这个字，到你此时此刻情不自禁说出这个字，你的岁月中贯穿着以这个字为注脚的诗韵。如同蚌含着一颗珠。

你从小就向往大海，如今你的命运之舟搁浅在荒原上。你读过凡尔纳的小说《格兰特船长的女儿》之后，曾多么幻想在现代的世纪驾驶古老的帆船独自航行于大海，可是你如今坐在一台二百五十马力的拖拉机驾驶室里。

那"船长"将你抛弃了。"他"是你的命。这台拖拉机却无疑是世界最先进的，第一流的。可你却仍然没有忘掉那个字——帆。杨帆——多么豪迈的名字。你的名字。全连一百二十七名知识青年都返城了，只有一份知识青年的档案留在场部档案室。这份档案上写着你的名字。如今人们谈到你的名字，也就是谈到了他们。那一百二十七个，那四十余万。你的名字成了历史一章的"序"。土地承包了，农机具也承包了。兵团战士——你的历史；农场职工——你的昨天；承包户——你的今天。你也是一户，一个人一户。你今后将是这片荒原的主人，你今后将是这台拖拉机的主人。你可以选择一片被开垦了的土地。你没有。既然有选择的权利，你就不愿在别人开垦了的土地上播种和收获，你更希望拥有自己的土地。既然所有的中国人都被推到一个历史直角的顶点，你认为你也该充满自信地大声说：从这里开始吧，让我的生活，让我的一切！

几年前那场火灾烧毁了你的面容，却没烧尽你的自信。自信在心里，心在胸膛里。你的胸膛也曾像你的面容一样被烧伤。你的自信也曾被火焰烤焦，变得萎缩。但是如今，它又像生命力最强的细胞一样，复生了。因为在你的动脉和静脉里，流动着的是一个人最强壮的生命时期的血液！三十五岁的人的血液，能够医治一切。

你的血液养育你的心。

你的心滋润你的自信。

你的血型——AB。

你的性格非常执拗。这也是你的命。

"跟哪一户合包吧！"好心的人们这么劝你。

你回答："不。"

于是你的命运就和这一片荒原和这一台拖拉机从此紧紧连在了一起。

……

黑暗彻底笼罩了大地。

月亮呢？那锡纸剪的扁圆呢？那慵倦而苍白的少女的脸呢？

夜空上悬着一个明洁的银盘。在高远的墨蓝色天幕的衬托之下，月亮才是动人的、妩媚的。太阳和月亮，各有各的早晨。好比蓝天如果有自己的语言，定会对大地说："你是我的蓝天！"你却对大地说："帆……"荒野是死一般的宁寂。从远处村子里传来一阵狗叫。你就住在那个村子里，住在当年的机务队长王宝坤家。他是四川人，十万官兵中的一个。北大荒的第二代开发者。如今他已不是机务队长，是承包户户主。和你一样，在历史直角的顶点。他为人忠厚，富有同情心。他比别人更加关心你这个知青大返城浪潮后遗留下来的孤鸟。你尊重他，所以你才住到了他家里。

他老婆也是四川人。四川女人都那么不怕吃苦，那么能劳作。像水牛那么温良，也像水牛那么经得起生活的鞭子的驱使。难怪人们都说："北大荒三件宝，人参貂皮乌拉草，抵不上一个四川老婆好。"

你想到过自己也应该找一个四川女人做老婆么？人总得有个伴啊！村子里又传来一阵狗叫。狗叫声过后，荒野显得愈加宁寂。就连狗的叫声，听来也使人体会到一种动物的孤独。狗叫声是谁从村里走过引起的呢？这个夜晚，这个时刻，正是小伙子偷偷将姑娘诱惑到麦草垛后面或粮囤后面的时候，正是丈夫们喝过几口解乏酒后躲在被窝里搂着妻子欲睡未睡的时候。虽然不少人家都有了电视机，却根本收不到中央台和北京台的节目，连哈尔滨台的节目也收不到，只能收到苏联的电视节目。人们听不懂叽里咕噜的俄语，就索性将音量拧小到听不见，像看无声的苏联影片。最初还能引起点特殊的兴趣，后来就看腻了。在北大荒的这一最偏远的地域，一个男人是不能没有自己的女人的。女人不但是他们的伴侣，也是他们的精神世界。对于他们来说，一个所爱的女人，是比一台二百五十马力乃至更大马力的拖拉机还重要的。如果你也有一个所爱的姑娘，你绝不会将她引到麦草垛后面或粮囤后面。你会将她带到这里，你会对她说："看，我们的土地……"可你驾驶你的拖拉机来到这里，分明不是为了在这里孤独地思考关于女人的问题。那你在思考什么呢？你在思考二百五十马力究竟等于多大的功率么？一马力等于每秒钟将七十五公斤重的物体提高一米所做的功。二百五十马力等于……你已经计算出来了么？只要你的手轻轻一推离合器，这台拖拉机就会一往无前地冲向荒原，用闪亮的犁头劈开荒原的胸膛。一个人驾驶着这样一台巨大马力的拖拉机，肯定会感到自己是荒原的主宰，肯定不会相信世界上有人所征服不了的荒原。

"你打算种什么？"队长曾这么关心地问过你。"还没想好。"到今天，也没想好。这需要很好地想一想。任何有利和不利的情况都要充分估计到。

一切与这片土地的播种和收获有关的问题，也都是直接与你个人的命运有关的问题。一个人如果将自己的命运和一片土地联系在一起了，这片土地就会变得异常严峻。从这片土地划归给你那一天起，你就意识到了这种严峻性。在你和它之间，存在着两种可能：征服或被征服的可能，成功或失败的可能。你将和这片属于你的土地，进行一番艰苦的较量。

你的自信中蛰伏着一种迷茫和不愿向任何人流露的对自己的怀疑。你能不承认吗？人有时会惧怕已经属于自己的东西。它太广大了。从东长安街到西长安街，那么长，那么宽。它是北大荒土地的微小的一部分。对于一个人来说，它却是太广大了。你为拥有如此广大的土地而自豪，同时又感到那么茫然。所以你想到并低声说出了那个字——帆……它将是我的帆——当你说出这个字时，你心里一定就是这样想的。

如果我愿意，我能够将它耙成一片如沙的细粉——你心里一定就是这样想的。

二百五十马力，会使我成为一个荒原的征服者——你心里一定就是这样想的。

我的土地，我的黑帆，我要将你高高扬起，让我的勇气作为飓风，将我向自己命运挑战的宣言写在这黑色的帆上——你心里一定就是这样想的。

你竟被自己的思考激动！你的眸子在燃烧。

你跳下了拖拉机。

要烧荒。草木灰能使这片属于你的土地更加肥沃。要翻耕。今年冬天的雪，来春融化时，能使属于你的这片土地水分充足。

你拔了几把荒草，搓成一根草绳，点燃了。草绳一扔下去，荒草便烧了起来。火，也许是这片土地上的第一次火，是我亲手在我的土地上点燃的。你这么想。你注视着火，火光映照着你的脸。起初，每一束火焰，都像一面小旗，在黑暗中随意招摇。而那更细微更细微的火的触角，则像一条条赤红的小蛇。从低处昂起头，顺着一棵棵蒿草的茎梗迅速向上爬。或者从这一棵蒿草的叶尖上攀缘到另一棵蒿草的叶尖上，然后朝四面游去。顷刻，火势扩大了。那一条条赤红的小蛇，转眼变成了千百万火的精灵，在这片土地上跳起了圆舞。没有风，也不需要风。不需要风的扇动。火的情绪是激烈的。这是一场荒原上的自由之火。那些火的精灵啊，它们已不是在跳圆舞，而是在跳迪斯科。瞧它们的红裙子，舞动得多么热情！旋转得多么迅速！多么壮丽的场面啊！千百万，真是千百万火的精灵，在这开阔无边的荒原上被卷入了无音乐的迪斯科的疯狂旋律！它们如醉如痴，它们相互吸引着、迷诱着、席卷着。一会儿拥抱在一起，聚集在一起，一忽儿又分散开来，跳跃着、旋转着、扭摆着，向四面八方扩展。火的精灵呀，它们的激情是人的激情所无法比拟的！它们的激情在这片属于你的土地上空汇集成热流。这热流溢向荒野的深远处，逼退了秋末夜晚的凉意，将夜空映得无比辉煌。

你笑了。

你被火的激情所鼓动，真想跃进这"舞场"的中心，与火的精灵拥抱在一起，旋转在一起，如醉如痴在一起！

突然你双手捂住了眼睛，不，捂住了整个面容，连连向后退去。

你的脸感到了被火焰所烤的轻微的灼痛。

你那种惧怕火的心理又产生了。六年了，整整六年了，你时时处处被"火"这个字惊扰，你听不得人们谈到这个字，你见不得与火相近的光和色。甚至别人吸烟时划着的一根火柴，也会造成你心灵的一阵悸颤……

你耳边仿佛又听到了令人紧张的呼喊：

"救火啊！……"

"救火啊！……"

"女宿舍着火了！……"

还有钟声：当！当！当！……

为了救别人，包括你所深深爱着的姑娘，你奋不顾身地冲入了火海……为此，你付出了你曾使许多姑娘钟情的美好容貌。你成了舍己救人的英雄。你失去了爱情，连同追求爱情的起码资本……她，那个你深深爱着的姑娘，在你出院的那一天，手捧着一束五彩缤纷的野花前去迎接你。她一见到你，就骇然惊叫一声，晕倒了。她不敢再见到你一次。你也不敢再见到她一次。她那一声惊叫，在你心灵中留下了难以消失的回音。这声音从此开始折磨你的灵魂。

你终于离开了你的老连队，要求调到了现在这个僻远的地方。为了不使你心爱的姑娘害怕会再一次见到你。也许，还为了你自己灵魂的安宁。

你没有向任何人告别。你孤独地走了。在冬季的一个清晨，搭的是团部的卡车。只有连长和指导员知道你那一天将离开连队，他们早早地起来送你。连长对你说："小杨，既然你已经成了一个英雄，就得像英雄那样活下去，是不是？"指导员对你说："你就这么走了，全连的人都会因此而咒骂我的！按道理，应该给你开个送别会……"

你什么也没回答。你知道，你只是在某些人的心目中成了"英雄"，你的名字只是在《农垦报》上成了一个英雄的名字。和从前的你所不同的，只不过是你的面容变得那么丑那么可怕了。在从前的你和一座哪怕是金子铸成的英雄纪念碑之间任你选择，你会毫不犹豫地选择前者。恢复到那个高傲的，目中无人的，爱出风头的，太喜欢衣着整洁的，太喜欢参与各种无意义而又无休止的争论的你。

这些话，你能对连长和指导员说么？英雄也有不回答的权利。你就那么一句话也没说地走了。在冬季里的那个清晨，天空纷纷扬扬地飘着鹅毛般的雪花……你并不怨恨她。因为你在最初的几个月中，也像她一样害怕见到自己的面容。

你第一次见到自己被烧伤了的脸，虽然没有晕过去，可是你的心被一种从未体验过的恐惧窒息了。面容是一个人的灵魂的说明书。一个人照镜子的时候，其实也是在照自己的灵魂。谁也不害怕自己，乃是因为他或她对自己太习惯了。人一旦发现不是自己习惯了的脸，即使一个满脸皱纹的老太婆变成了如花似玉的少女，即使一个面貌丑陋的老头子变成了一个美少年，这个人也一定会骇然至极的。反过来，那恐惧强大于对鬼怪的恐惧。

"医生，请给我一面镜子……"去掉了脸上的纱布那一天，你这样请求医生。医生望着你，摇摇头，说："你现在不能照镜子。""我的脸……变得很可怕么？"你的声音低得几乎只有你自己能听到。医生沉默片刻，回答你："以后会比现在好一些。"说完，马上转身走开了。你如同被一个无法破译的密码所蛊惑，希望立刻看到自己的脸究竟变成了什么样子。一个人的正常想象，是无法将自己的面容勾勒到多么具体多么可怕的程度的。

吃饭的时候，你借助钢精勺达到了你的想象所不能达到的目的。

从那小小的锃亮的金属凹镜中，你发现了那对你来说非常可怕的谜底。一个人在照镜子时从镜中看到了骷髅，内心所感到的恐怖也无非就像你当时所感到的那样。只有一双眼睛还是你所熟悉的，你自己的……钢精勺从你手中当的一声掉在地上。"还不如被烧死好……"你想。你的心就在产生这一想法后，窒息了足有半分钟。当医生第二天又巡视到你病床前时，你一把拽住医生的手，用发抖的声音问："医生，你还能给予我一些帮助吗？我已经知道了……我的脸如今是什么样子……"

医生盯着你的眼睛说："你要开始学会如何忍受你自己，如何忍受生活。你若能忍受自己，便能忍受一切。记住我这句话，这是我对你的最大帮助。"

你慢慢放开了医生的手，慢慢拉上被子，蒙住了你的脸。是谁将你的被子从脸上拉下来？是同病房的一个老头，他的床位在你的床位对面，你一定还记得他的。他对你说："孩子，别哭了，哭也没用，医生的话是对的。一个人只有一条命。你没烧死，够幸运的了。你总还得活下去……"全病房的人都围到了你身旁，同情地瞧着你。你这才意识到，你在哭，哭得那么绝望，哭得使他们感到不安……你至今铭记着那位五十多岁的、身材瘦小的秃顶的医生说的话。医生曾提出建议，送你到北京或上海整容，但场部党委经过严肃的讨论，否定了这一建议。理由很简单——你是英雄。他们认为，一个英雄如果失去了一条手臂，可以为他安假臂；如果失去了一条腿，可以为他安假腿；而如果失去的不过是面容，那是没有必要花国家许多钱的。钱当然还在其次，更主要的是，那会使英雄的事迹本身失去宣传的意义和光辉。

总之，他们认为，脸，对一个人来说，毕竟不如手臂、不如腿那么重要。脸不过是脸，何况不算"失去"。

但你却宁愿失去的是一条手臂或一条腿，而不是你年轻的、英俊的脸。你没有返城。你永远打消了返城的念头。你宁肯死，也不愿让你的老父亲和老母亲看到你烧伤后的脸。你像无桨无帆的小船，在大返城的浪潮过后，搁浅荒原……"上山下乡"的历史，一代人的历史，它的最后的一页，就是你的脸。

你当年爱过的那个姑娘，她重返北大荒看过你。这是不久前的事。她已经成了一个小有名气的女作家。不是一"个"，是一"位"，谈到作家的时候，应用尊敬的字眼。对不？

"我从来也没有忘记过你。"你们一见面，她便对你这么说。

她与当年相比，面容没有什么明显的变化。她还是那么漂亮，脸色更白皙，皮肤更细嫩了。城市里目前各种润肤霜畅销不滞，电视和报刊大登特登这类广告。她变得更年轻是符合时代趋势的。

"我相信。"你平静地回答。你已经能够平静地面对她了，以前你却不能。你们并肩走在白桦林中，黄昏的阳光，在每一片桦树叶子上闪耀。你们从白桦林中默默无言地走到了小河旁。小河慌慌张张地朝远处流去,仿佛追赶着什么,也仿佛被什么追赶着。你想到了那句格言——一个人不能够第二次涉过同一条河流。因为当人第二次涉过这条河流时,第一次碰疼了脚的那河底的卵石也许还在,而第一次湿人腿足的河水,早已流向远方去了。它是无法追上的。

"你知道我为什么重返北大荒么?""不知道。""是为了你。""这很蠢。""你还爱我么?""……"你还爱她。因为你只爱过她。更准确地说,你内心里还渴望着获得爱情,因为你爱过。即使受到上帝严厉惩罚的夏娃,如果有机会,也还会再偷一次禁果的。但是你却对她摇了摇头。

"不,你撒谎!"她哭了,"你恨我,对不?你爱过我,你为救我烧伤了脸,可是在你伤好出院后,我却像躲避瘟神一样躲避你,在大返城的浪潮中,我走了,和所有你熟悉的人一块走了,将你抛弃在这里……可当时,我太害怕见到你……"

你抬头望望天空,说:"好像要下雨,我们往回走吧……"往回走,却并不是想追上流走的河水。

与其说她是来寻找你的,毋宁说她是来寻找某种解脱的。你体谅她。虽然她哭了,但你使她满足了。因为你对她摇了头,而没有点头。如果说这两年你学会了忍受生活,那么你也同时学会了体谅别人。理解就意味着在某些时候,将心灵获得解脱的"救生圈"抛给别人。

第二天,你交给她一封信,你自己上山采木耳去了。

你在信里写道:"我不能成为女作家的好丈夫;你也不能成为

我的好妻子。人的感情是需要培育在现实的土壤中的。农场就要实行承包了——这就是我面对的现实。我需要的是一个能和我一块儿征服土地的妻子，而你需要的是一个能给你灵感的丈夫……请求你今后不要再来打扰我，别破坏我心灵的安宁。它安宁下来，花费了整整六年的时间……"

你纯粹是为了她的心灵从此获得安宁才这么写的。

因为你"请求"了，她便能够忘掉你了。

你站在山顶上，俯瞰着村子，望见她坐在一辆马车上离开了村子，直至那辆马车在公路上变成了一只小甲虫。

"愿你幸福……"你心中默默地祝愿她，木耳从小篮子里撒到了绿草中……

火，又一片火，在你的土地的那一头燃烧起来了。

火光中，一个纤小的身影东奔西跑。

你点燃的火，已将近处的荒草烧光，露出了黑色的土地。它像一条巨蟒，朝那纤小的身影缠绕过去。空气中弥漫着草木灰味。

那纤小的身影还在东奔西跑，手中拿着带火的树枝，继续四处点燃起一片片荒火。好像一个漫不经心的玩火的孩子。这身影一会儿被火焰吞噬，一会儿被火焰吐出。你认出了这纤小的身影是谁，她仿佛在对火的精灵进行挑逗。

她会被烧死的！你想。

你朝她冲去，穿过一片片荒火，完全不顾火焰舔着了你的衣服，烧疼了你的脸和手，烧焦了你的头发。你跑到她跟前，觉得你和她四周全是火。火将你和她包围了。于是你紧紧搂住她，将她的头保护在你的双臂之中，使她的脸贴着你的胸膛，使她在你怀中一动也不能动。绝不让火烧伤她的脸，即使我被烧死，你在心里对自己说。她就那么一动不动地被你搂在怀里。过了多久？是几分钟？还是十几分钟？也许更长的时间？你忽然意识到，火根本烧不着你们。你和她原来是站在被火烧过的地方，站在一小片绝对安全的沃土上。你轻轻推开了她。"你到这里来干什么？"你生气地问。"我从村里望见了火光，知道一准是你在这里烧荒，就跑来了。我最爱烧荒了……好玩……"她说完缓缓低下了头。"好玩……"简直是孩子的话！如果别人对你说这种话，你会气得咬牙切齿。但她是个孩子，你原谅了她。她在你眼中是个孩子。你第一次见到她，也在深夜。那是去年的事，还没有实行承包呢。你开着一台拖拉机秋翻，两束灯光中突然出现了她纤小的身影。你停住拖拉机，从驾驶室探出头，对她吼："不要命啦？"她却大声问你："你知道我爸爸在哪台拖拉机上吗？我是来给他送饭的。""你爸爸是谁？""你连我爸爸都不认识？王宝坤呀！"你这才知道她是谁的女儿。搬到王师傅家住时，她在场部中学读书。"上来吧，你爸爸在地东头呢，我的拖拉机一会儿准能跟他的拖拉机会上。"

她就像一只小松鼠似的跃上了履带，坐进了驾驶室，坐在了你身旁，和你挨得很近很近。你甚至感到了她那少女的内心里荡漾着青春朝气的呼吸。

你很想转过脸去看她一眼。她在灯光中时，你未看清她的面容。

想必她也未看清你的面容。但你没有朝她转过脸去,却熄灭了驾驶室内的小灯。"你为什么关上灯?亮着也不影响你翻地呀!"她奇怪地问。"我……怕我的脸使你受惊吓。"你感觉到了她的目光盯在你脸上。"是你?"她的语调说明她非常意外。"你要下去吗?那我就将拖拉机停住。"你低声说。"不!"她说,"我不怕你的脸。我知道你的脸是为救别人被烧伤的。我在《农垦报》上读到过你的事迹……""谢谢你,你真是个好孩子!""我不是孩子。我已经十七岁了,我已经在场部中学读高中了。"你如今已在王师傅家住了六年了。她也已在三年前就高中毕业,参加劳动了。

可她至今在你眼里仍是个孩子。好像她在你眼里只能永远是个孩子。每当你看着她的时候,你的心就会提醒你的眼睛——她是个孩子。

她对待你却像对待一位兄长。王师傅全家对待你都像对待他们的一个家庭成员。也许只有在北大荒才会遇到这样一家人。六年的时间,这是不短的时间。北大荒夏季的烈日和冬季的严寒,可以使一张皮肤细嫩的脸变得粗糙,也可以使一张脸上的烧伤变得"统一"。北大荒的西北风是一把"整容手术刀",对不同的脸实行不同的手术。

也许正因为是这样,你才对自己的脸逐渐习惯起来?她才并不觉得你的脸有多么可怕?

"你刚才怎么了?为什么抱住我?抱得那么紧。"她问,一点也不觉得难为情,一点也没有做作之态。那神情好像是一个孩子在向一个大人郑重发问。

"我……我怕你被火烧伤……"你喃喃地说。"傻瓜！……"她笑了。"瞧你，衣服都烧坏了……"她的手轻轻捻着你绒衣上被火烧的洞，一副很为它惋惜的样子。"我给你补。"她又说。"你回去吧！"你说。

"我不回去！"她拉着你的手朝拖拉机走去。走到拖拉机前，她望着你说："我送给你一样东西，你猜是什么？"你这才发现，她身上还背着书包。"我猜不着。""那你闭上眼睛。"你顺从地闭上了眼睛。"睁开眼睛吧。"你慢慢睁开眼睛，见她双手捧着一台小小的收录机。"这是我托人从哈尔滨买来的，喜欢吗？""多少钱？""不贵，才一百二十多元。""谢谢你，明天我就给钱。""谁要你的钱！"她有些生气地噘起了嘴，又扑哧笑了，说，"是我自己的钱，平时攒的。我早就想送你这么个东西。还为你录了一盘磁带呢！"她说着，将收录机放在拖拉机盖上，按了一下按键，"你听！"几秒钟后，从那台微型收录机中，传出了某种极不寻常的声音：刷、刷、刷……"这是镰刀割麦子的声音。"你奇怪她为什么将这种声音录了下来，而且怀着那么得意的神情放给你听。"不对，"她瞧着你摇了摇头，"你仔细听！"说着，将音量放大了些。你还是不能判断那究竟是什么声音。在那有节奏的声音之中，伴随着仿佛低音效果的鼓点般的另一种声音，像许多人的整齐的步伐声。为什么不录一盘交响乐呢？你更加不解了。她索性将声量放到了最大限度，目不转睛地瞪着你，问："还没听出来？"

是步伐声。是的，是千万人的整齐的步伐声。它立刻使你联想到了一个团甚至可能一个师的士兵在进行操练。这声音对你对她有什么特殊的意义呢？你不能明白。

"……现在通过天安门广场的，是英雄的人民解放军的装甲部队……"

"今年国庆典礼的录音？！"你不再迷惑了。你立刻将那小小的收录机捧了起来，仿佛将天安门，将整个北京城捧在了自己双手中！北京，天安门，天安门！你已经整整六年没回过北京了啊！你已经整整六年没见到过天安门了呀！你这首都的儿子，你这共和国的长子，你梦中曾多少次回到了北京哦！你眼前顿时出现了天安门广场、金水桥、华表、英雄纪念碑、人民大会堂……

你的眼睛湿润了。

"'十一'那天，你不是为老张头的大儿媳妇赶到场部输血去了吗？我想你一定没有听到国庆典礼的实况广播，就为你录了下来，可惜没录全……"她非常遗憾地说，声音很低很低，仿佛因此而对你感到很内疚。

"谢谢你，太谢谢你了……"除了"谢谢"两个字，你激动得不知再对她说什么好。

你凭着你的想象，为自己在头脑中描绘着国庆典礼的雄壮场面。装甲部队从天安门广场驶过所发出的巨大声音，震动着你的双手，震动着你的心。这声音从你的身体传导到大地上，仿佛整个大地也随之震动了起来！

你此时此刻才对自己承认，六年来，你是多么想回到北京一次！

你的眼泪从你的眼中涌了出来，顺着你的面颊往下淌，淌入你的口中，咸咸的，你将它咽了下去。将一种深深的感情咽下去。

你和她就那样长久地、默默地、面对面地站立着。你捧着小小的收录机，她痴痴地呆呆地望着你。

荒野是那么宁静。

在这宁静之中，除了小小的收录机里传出的声音，别无任何声音。

那声音牢牢地吸引着你，也牢牢地吸引着她。

直至收录机发出咔的一声微响，一盘磁带放完了，你都没有动一动。她也是。

"你哭了？……"她问。

"我哭了……"你回答。并没有因为自己的眼泪感到羞窘。

荒火，你和她点起的荒火，已经熄灭了。火的精灵们终于在你的土地上舞乏了，不知躲到什么地方喘息去了。微风吹过，未泯的火星在你的土地上一闪一闪，像谁播下了一片红宝石。

……

你们一起坐进拖拉机驾驶室。

"我的帆……"

"什么？……"

"你以后会明白的。"

你开动了拖拉机。这二百五十马力的驯服的钢铁巨兽，颤动了一下，仿佛迫不及待地冲向了你的土地。是的，我的土地。这不是诗句，也不是歌词，你想。从东长安街至西长安街，那么长，那么宽。它是我的帆，我的黑色帆。这不是诗句，也不是歌词。这是你的现实，使你感到严峻又使你感到自豪的现实。你的帆是你的命运，使你充满着希望也同样充满了忧郁的命运。在这个夜晚，我的帆是黑色的。在明年的秋季，我的帆将变成金黄色的，你继续想。如果你有勇气爱，就把你的爱升到我的帆上吧！你心中默默地这样对她说。铧犁在你的土地上，耕出了一道深深的沟——它是你的命运之舟的桅杆。"将来，我要走遍全中国，也许还要走遍全世界，去寻找。""寻找什么？""寻找最出色的整容师。""将来，哪一年呢？""三年五年之后，也许，时间再长些。""那需要很多很多经费呀！""经费会有的。""还需要很多很多手术费呢！""手术费也会有的。""那……你带我一起去吗？……""只要你愿意。""之后，你想回北京一次吗？""一定回北京一次。""我还没亲眼看见过天安门呢。"

"你会亲眼看到的。"

……二百五十马力的拖拉机，发出震耳欲聋的吼声，在这片刚刚烧过荒的处女地上，用铧犁深耕出你的帆……

北大荒纪实

一

我下乡到北大荒的时候,正值暮春四月。原野还覆盖着厚实的雪被,山林看不出一点绿意。马车和大解放汽车载着几百名知识青年和他们的行李,像远迁的部落一样,在茫茫的雪原上进发。一路只见两种颜色:白、黑、白、黑、白、黑……白的是雪,黑的是大地偶尔从雪被下袒露出的一块胸膛。

北大荒令我们感到是一个没有春天的地方。从书本上看到的描写,老师在做上山下乡动员报告时对这个地方的赞美,我们用浪漫的向往所描绘的具有神秘色彩的图画,彻底被我们自己的眼睛否定了。歌声,早就停止了。笑声,早就停止了。交谈,早就停止了。从嫩江到黑河,一段没有铁路的上千公里的途程——沉默、进发、沉默、进发、沉默……

车队翻过一座山梁,猛然有人惊叫起来:"哎呀!花!"从山顶到山根儿，向阳坡上一片紫红！如同覆盖了一床巨大的紫红色锦缎被！这漫山遍野奇迹般出现的紫红色的花，这茫茫雪原之中乍一入眼的烂漫春色，对我们这几百名一路疲惫不堪的青年人来说，是多么赏心悦目哇！那种欢喜、激动、赞叹、兴奋，使每一个人的心头都不禁产生一种奇妙的微颤！那真是没法形容的！不是身临其境的人，单凭想象是难于理解和体验的！

因为是危险的下坡山路，汽车、马车一辆接一辆，想停也停不住。我们仅仅只能赞叹观赏这些紫红色的花而已，没有一个人跳下车去折一束花，不能不非常遗憾。

中午，我和几十个知识青年，被三辆马车拉到一个类似"夹皮沟"的小小的靠山屯里。按生产建设兵团的正规叫法，那里是一个"连队"。集体宿舍——一排临时腾空的旧仓库。"到了。终于到了！"心里面这么想着，一个个蹦下马车，扛起行李，有如思乡的游子归家似的，脸上都浮现出憨笑，脚步迫不及待地朝"家"门迈。走进去，只见新抹了一层泥的墙、炕面，火炕从南墙直抵北墙，长十几米。倘若再宽两米，三十个人在上面跳"忠字舞"是绰绰有余的。除此而外，屋里空空荡荡的，什么也没有。满屋里弥漫着被炕面烘烤出来的掺杂了麦秸、马粪的泥土的味道。

"啊哈！大家看！"眼睛刚刚适应了屋里的光线，就有人发现——每个窗台上都摆着一束花！或插在酒瓶里，或插在罐头瓶里，或插在小铁盒里。这一发现，有如当年哥伦布那只船上的瞭望手发现了新大陆！众人一齐拥到窗台前观赏起来。花！就是那种大家在路上见到的开满山坡的花。紫红紫红的纽扣那么大的花瓣,像蜡梅一样的枝子,摆在朝阳的窗台上,给大宿舍增添了一种盎然春意!大家心里对为我们想到了这一点的人充满感激!

这叫什么花呢?大家互相询问,谁都摇头,都不曾见过。

"这是达子香花。"

大家纷纷回过头去,见说话的人抱着一抱劈柴,刚从门外走进来。他的身材挺高,但不壮。虽然穿着棉衣棉裤,整个人看去还是怪单薄的。他戴一顶长毛的狗皮帽子,帽耳朵像京剧中县官的帽翅一样支棱着。脚上一双大头鞋,鞋面绽开好几道口子,显然是劈柴时被大斧子劈的。仅仅这一点就足以证明他绝不是个地道的北大荒人。他的脸,黑、瘦、皱纹纵横,一张苍老的脸,而一双眼睛,却那么深邃,那么敏锐,又那么善良。

"达子香?为什么叫达子香呢?"于是我们异口同声地向他发问。

他把劈柴放在炕洞口,笑了笑,那是一种能立刻消除人与人之间的陌生感的微笑。

"没有谁考证过,也没有谁解释过,大概是从女娲补天那个古老的年代就这么一辈辈叫到今天的吧?"他这样回答。

因为自己只知其一而不知其二,显出有点惭愧有点抱歉的表情。

不管什么花,多半都具有一种芳香,有的馥郁,有的清幽。因此许多花都带有一个"香"字。可这达子香花,却无半点香味。既无半点香味,何以也攀附了个"香"字呢?是什么人封赐了这么个芳名？而且这名字——达子香，就有些古怪，全不像水仙、佛手、美人蕉、蟹爪兰、珠头樱草、令箭荷花等又好听又形象的花名，玄妙各异，耐人寻味。达子香——这名字不但土，而且叫你颠过来倒过去琢磨不出个所以然来。究竟什么含义呢？内中有什么说道吗？我们把他当作一位植物老师，向他提出种种问题，竟使他一时不知所措。

正在这时，猛听一声喝喊："同志们！……"大家都转过身去，但见一个短小精悍的人和一个虎背熊腰的半截黑塔似的人站在大宿舍门口。

虎背熊腰的人又喊了声："全体立正！……"

短小精悍的人平静地说："团参谋长看望大家来了！……"

话音未落，团参谋长出现在门口。我一眼便认出了她，她是我们Ａ市女中红炮司的头头、市红代会的常委，一个二十二岁的秀美的姑娘。在庆祝市革委会诞生的大会上，我和她在主席台上并肩坐过。她的鼎鼎大名叫潘丽华。想不到我们同样是红代会的常委，她仅仅比我早下乡半个月，竟当上了团参谋长！那年头，女性比男性要在政治上走红得多！尤其对造反派们来说。我一点也没感到惊奇。何况我要不是对造反夺权等丰功伟绩腻烦透了，还不会报名来到北大荒呢！我是到北大荒来逃避使我怀疑和厌烦了的现实。

短小精悍的人又说："下面欢迎参谋长做指示！"满口四川语音，说罢带头鼓掌。有人跟着鼓掌，更多的人一时没有反应过来，光是愣着。跟着鼓掌的人发现自己是少数，鼓了几下便停止了。掌声并不热烈，也不齐。

"请稍息！"参谋长下达了口令。

谁也没动，因为刚才谁也没立正。

"大家累不累？"参谋长用她那种还没脱尽女娃娃腔的语调大声问，那架势那表情分明是在模仿样板戏《智取威虎山》中二〇三首长率领穿林海跨雪原的小分队战士出场亮相。不过远远没有抖擞出少剑波那种风度。她所希望得到的最满意的回答，大概也是像小分队战士回答少剑波的那句台词一样，异口同声干脆利落的两个字——不累！

遗憾的是，大家缺乏这样特殊的训练，事先也没有谁关照过。更何况，并没把她这位参谋长放在眼里。就是有人介绍她是兵团司令，大家也不会格外尊敬多少的。司空见惯了嘛！

"这话问的，累得够呛！"

"真窝囊！别人搭上了大解放，我们坐的却是马车！"

"火炕上怎么没炕席啊？"

"在哪儿打洗脸水？"

"不是说我们要发领章帽徽吗？……"

有几个人七嘴八舌地向这位参谋长发问。

女宿舍忽然跑来几个姑娘，像报告什么新闻似的，大惊小怪地叫嚷："花！我们女宿舍有花！你们男宿舍有吗？嗬！也有哇！"于是大家的情绪又都转移到花上来："你们知道这叫什么花吗？达子香！""我们早知道了！刚才那个烧炕的人告诉我们的！他还说这花是北大荒的迎春花呢！""他说这花还有别的颜色的没有？"我却仍在悄悄打量着参谋长，见她十分尴尬，脸色绯红。身为长官而没有受到敬重，当然令人恼火。

"立正！"那个短小精悍的人又下达了一次口令，声调很严厉。大家不由自主地肃静下来，并拢了双腿，脚尖摆好三十度，双手贴在裤线上，像在学校上军体课一样，一个个以标准到可以做示范的立正姿势站着。说实在的，我对那个短小精悍的人从一开始就打心底产生一种潜在的敬畏，自己也说不清为什么，大概是因为他有一张表情严峻的脸吧！显然其他人跟我的心理是一样的。

参谋长开始训话了："乱吵吵什么？呃？从今天起，你们每一个人，都是生产建设兵团的一名战士了！战士就得有个战士的样子！我们是从浴血奋战的阶级斗争路线斗争的战场转移到了另一个战场！我们现在是一手拿枪，一手拿锄！到边疆的第一天，不问这里有多少地，每年打多少粮食，却对花呀草呀的这么感兴趣！像革命青年的感情吗？呃？……"

"装腔作势！"我在心里暗暗嘟哝了一句。也许是因为她现在比我高升了，我心里竟有点不大瞧得起这位造反派女战友。这算嫉妒吗？

"祁连长，"她把脸转向那个短小精悍的人，异常严肃地问，"这花是谁弄来的？"大家这才知道，个个暗自敬畏的就是我们的连长。

祁连长回答："不太清楚。"

"怎么？你连安排的什么人打扫大宿舍都不知道吗？你们连队

的接待工作太成问题了！"她又把脸转向那个虎背熊腰的人问，"葛排长，你也不知道吗？"

"我……"葛排长支吾起来。他显然是知道的，不想说罢了。"这花，是我折来的！"始终默默站在我们身后的那个烧炕人，这时自我承认了。他回答之后，从我身后走到了参谋长面前。她愣住了。好一会儿，才又问："炕烧热了吗？"他镇定地点点头。"洗脸水都烧好了吗？"他又点点头。"你折这么多花摆在知识青年的宿舍里干什么？""知识青年的宿舍，要保持一种严肃的集体生活的气氛！不许搞些花呀草的！这算什么情调！庸俗透顶！""每一个北大荒人都爱达子香花。"烧炕人异常冷静地回答。"你！……"她更加恼火起来，却无话可答，脸又一次因尴尬而绯红。"把这些花扔出去！"她向他大声说，完全是一种命令的口气。"……"他一动也未动。她的脸一时紫红得比达子香的颜色还深，用手朝他一指，面对我们大声说："他，他是个思想反动的编辑！编辑出版过好几本反动的黑书！你们要监督他进行思想改造！"

二

我对当编辑的人怀有一种深深的敬意。我的父亲在世的时候就是某出版社的编辑。他大半辈子都同别人的稿纸打交道。用我母亲的话说，他是在别人的稿纸上一格一格爬过了一生。父亲一辈子编辑出版过不少书，却没有留下一页属于自己的文字在人间，只留下了上百件小小的不值钱的瓷器。那是许多作家和作者们送给他的。他一生唯一的乐趣仅仅在于此——保存和收藏这类小瓷器。这上百件小瓷器目前只留存下来一件,是母亲作为父亲的遗物珍藏的,其余的全在十年动乱之中遗失了。我常常不无同情和惋惜地想,如果父亲把用在别人作品上的心血和精力分散出一小部分,一定是可以自己写出一本什么书来的吧?

仅仅由于我对编辑这种职业的敬意,使我比其他知识青年们对杨昉——那个给我们宿舍烧炕的"思想反动"的编辑——要"人道"一些。

我并没有主动与他接触,我是一个"接受再教育"的知识青年,他戴着一顶"反动"的帽子。我有顾忌。他没有注意过我,我却在处处留心暗地里观察着他。我观察出,他一点也没有那些命运多舛的人们那种心灰意冷、失魂落魄、甘心受人摆布的表现。相反,他很乐观,一天到晚坦坦荡荡,毫无精神负担的样子。即使在连长和排长面前请示什么,回答什么,也是从容矜持、不卑不亢。

我们的祁连长是早在一九五八年转业到北大荒的十万官兵中的一个。他在部队里曾当过侦察排长,遇事异常沉着冷静。按说他到北大荒已经整整十年了,工作上又很有方法和魄力,往小了说也应该提升为营一级的干部了。当年他的许多战士都提升为他的上级了,却不知他为何官运如此不通。有一次我很婉转地兜着圈子向葛排长提出了这个问题。葛排长叹了口气,摇摇头苦笑着回答:"咱们连长八字不好。"接下来便守口如瓶,不肯透露什么。以后,我从一些老职工老战士口中才逐渐了解到真相。他在工作中得罪了顶头上司，一度曾被撤职。后来，一位农垦部的领导到北大荒视察，听那些替他打抱不平的群众反映了情况，亲自替他平了反。临行，那位部里的领导还留下一句话："只要有我在，祁连长永远当连长！"几年前，团里要提升他当副营长，有人说："部里的领导当年讲过的，只要有他在，祁连长永远当连长，我看得慎重，最好先打听一下这位领导还在不在，然后再决定提升不提升。"团里还真够慎重的，派人到北京一打听，那位领导还健在。因此就没敢贸然提拔他。这真是桩叫人哭笑不得的事！唉！世界之大，无奇不有。祁连长本人，对提升不提升的，根本不在乎，全没当回事放在心上。

葛排长是个老好人，别看虎背熊腰的，性子却比贤淑的女人还要温顺。他是个山东庄稼汉，新中国成立后带着家小响应号召移居到北大荒的。对一切超出他理解能力的事，他总是一言以蔽之："怪。"没多久，知青们就送了他个外号——"怪姥姥"。

我又观察出，连长也好，排长也好，都从未存心有意为难过杨昉，甚至有时还以特殊的方式照顾他。比如为集体宿舍上山伐木时，排长就会问连长："还叫杨昉上山吗？他上山去也伐不了几棵树，你说呢？"连长便回答："得了！叫他上山干什么！出个一差二错，我们也不太好交代！"

这一发现对我非常重要，大大消除了我心中的顾忌。

一次，我有意套排长的话，问："那个杨昉，问题挺严重吗？"

排长抓抓腮帮子，没有正面回答，却说了这么一句："那老家伙，很有学问。"

这句话使我心中的顾忌又大大消除了不少。以后我听说,在他结婚之后的第二年,他的妻子生病死了。他非常爱他的妻子,再也没结婚,至今仍是孑然一身。记不得是哪本书上写过这样的话了:"一个人对待爱情如何,可以衡量其品格高下。"我是挺信服这句话的。杨昉对他的亡妻爱到如此深的地步,毕竟这不可能是一个丑恶的灵魂所能具有的感情。"文化大革命"前,我所受的全部教育,无非是:革命=好人,反动=坏人。"文化大革命"中的现实,却使我得出了自己的一套结论:被视为最革命的人也许并非好人,被视为最反动的人也许绝非坏人。我开始这样来认识杨昉其人。

每天夜深人静,大宿舍里鼾声如雷的时候,杨昉便悄悄爬起来,拧下手电筒的罩头,当成一盏小小的台灯,借着微弱的光亮,将身子低俯在一个小箱盖上写信。旁边放着信封、邮票、糨糊。有谁起夜从他身旁走过,他便将那几页纸塞进信封,贴上邮票,封好信口,在信封上填写起地址姓名来。我发现他写的信那么多,寄信的时候却非常之少。

我愈是对他细加观察,愈是发现他身上确有一些令人不可捉摸之处。他一有空闲,便独自呆坐一旁,眼睛像固定的照相机镜头一样盯视着随便一件什么东西,状若泥胎。间或从衣袋里掏出几页纸,匆匆扫几眼,便又放进衣袋去。他分明是在默背什么。那几页纸上会写着些什么呢?是语录,还是圣经?他是一个心理上的被虐待狂,还是一个基督徒?

一天,零下四十摄氏度,连长发话放假,知青们便在大宿舍里分成几伙打扑克。

"他妈的！这屋里成冰窖了！"一个外号叫"刁小三"的知青，忽然把手中的扑克牌一摔，蹦下炕，将正坐在火炉前发呆的杨昉猛地扯了起来，指着他的鼻子说："你不能把火烧得再旺点吗？"这"刁小三"是某造反团的一位职业打手，左额有一块可怕而丑陋的"光荣疤"。他不以为丑，反而引为自豪，常常当众炫耀。我很讨厌这个自以为是而又非常霸道的家伙。

杨昉看了"刁小三"一眼，一句话也没说，默默地走出了宿舍。许久，他抱了一大抱现劈的松明柴，冻得脸色铁青地回到宿舍。不一会儿，就把大铁炉子烧得红了起来。

"他妈的！你要把这宿舍烧得比炼人炉还热呀！老子受不了啦！你给老子把门打开！""刁小三"又对杨昉斥骂起来。杨昉默默地走过去，把宿舍门敞开了一道缝。"给我打一茶缸开水去！"杨昉默默地从"刁小三"手中接过茶缸，又默默地走出宿舍，打回满满一缸开水，默默地递给"刁小三"。"刁小三"呷了一口，噗地吐掉，瞪着杨昉："他妈的！这叫开水吗？""是开水，我烧的。"杨昉终于回答了一句。"他妈的！我说不开就不开！你给老子重打去！""刁小三"将一茶缸水泼在地上。杨昉接过茶缸，盯视了"刁小三"足足有三分钟，随手将茶缸当的一声扔进宿舍的尿桶里。"你！……""刁小三"从炕上蹦了下来。我也从炕上蹦了下来，走过去，不软不硬地说："你别欺人太甚嘛！"

"刁小三"虽然霸道，却是有点怕我的。俗话说，二乎的怕野蛮的，野蛮的怕不要命的。在某些场合，我是很有点"不要命"的敢死精神的。

"这事儿没完！""刁小三"嘟哝了一句，又凑到牌桌上去了。第二天，"刁小三"和几个知青在宿舍里批斗杨昉。

"你说过'文化大革命'是一场文化大灾难这句话没有？"

"说过的。""你这是含沙射影的恶毒攻击！""你懂什么叫含沙射影吗？"杨昉反问。"刁小三"答不上来。杨昉便引经据典地解释起这个成语来。"他妈的！你个臭编辑！跟老子诌什么文词！""刁小三"骂起来。我一声不响地走过去，一把抓住"刁小三"的头发，将他的头朝土墙上撞，撞得他双手抱住头嗷嗷直叫。

我觉得把他教训够了，才松开手，警告他道："你小子记住！以后提到编辑两个字再出言不逊，我就对你不客气！我爸爸是当编辑的！"

批判会叫我搅黄了。当天晚上，葛排长到大宿舍来查夜，一盆脏水从门上扣到他头上。不用说，这准是想报复杨昉的，却让葛排长领教了。

第二天一早，连长来到了大宿舍，指着"刁小三"当众宣布："你在开展大批判这方面很有创造性，但愿你在生产斗争中也能干得出色，连里决定，调你到新建点去！明天就去！"

"刁小三"傻眼了。他跑到连部，苦苦哀求连长，说自己有病，不适应新建点的艰苦生活。连长却任他可怜地哀求，丝毫也不为所动。

"他妈的！你这是报复！""刁小三"见软的不行，来蛮的了。

连长霍地站起来，竖起手掌，朝桌角猛力一劈，只听啪的一声，将桌角劈下一只来！真不愧是当过侦察排长的！"你再敢吐出一个脏字来，我就往你脑袋上来一下！""刁小三"吓呆了……

杨昉的所作所为，常常叫人无法理解。收大豆的时候，我们在豆地边上发现了一对母子狍，两只狍子一前一后朝树林里奔逃，许多人在后面追，把手中的镰刀当标枪，纷纷朝狍子身上砍扔。母狍逃得很快，小狍由于惊惶，东跑一阵，西窜一阵，眼看就要被人们撵上。母狍忽然站住了，扭过头，迟疑了一刻，竟又冒着被同时逮住的危险，跑回小狍身边，陪着小狍一块儿再朝林子逃。人们在后面穷追不舍，呐喊，飞抛镰刀。母狍忽然又站住了，再次扭过头，愣愣地瞧着追近了的人们，竟折转方向，朝公比拉河边逃去。人们都舍弃了小狍，追捕肥大的母狍。母狍逃一段，停一阵，然后再逃。小狍早已窜进林子里去了。母狍却被四面包围在河边。它刚跃起来要跳进河里去，一把镰刀砍在它的后腿上，它栽倒在地，没等它再站起来，就被赶上来的人压在身底下了。

捕获了狍子的人们，个个兴奋。"真是傻狍子，一点都不假，不往林子里逃，偏往河边跑！"有人说了这么一句。

"我看它比人聪明。"杨昉走了过来，接过那句话说，"它是为了那只小狍子脱险，它的目的达到了。"他同情地望着那只受了伤被逮住的母狍，仿佛觉得它的被逮住是很悲壮的。

葛排长迅速地解下鞋带，把狍子的四蹄捆上了，而后拍拍狍背："这家伙真肥，准有七十多斤！"连长看一眼手表，很有把握地说：

"要是现在就派人送回食堂去,晚饭准能吃到狍子肉!""我把它扛回去吧!"杨昉自告奋勇,连长点头同意了。开晚饭时间,人们早早就排在了窗口前,专等吃狍肉。可空等了一场,炊事班长说,根本就没见到一根狍子毛。连长气鼓鼓地去找杨昉,劈头便问:"狍子呢?""叫我放了!"杨昉平静地回答。"放了?你怎么就给放了?!""要是换一只狍子,我就不会放了。可这只狍子太有灵性了,我不忍心看它叫人杀掉。""你,你这不是成心拿大伙耍着玩嘛!""就算我买它一条命还不行吗?按猪肉折价,七十斤,七十元钱。"他从衣袋里掏出一叠钱,"给,点点,一分不多,一分不少。"连长嘴里半天才挤出四个字:"岂有此理!"没接他的钱,恼得涨红了脸,拂袖而去。

三

团里突然来了调令,调我到宣传股当宣传干事。我觉得这事有些蹊跷,拿不定主意去或不去,便跟我的好朋友王文君私下里商议。我和王文君是到北大荒之后才认识的。他的爸爸是个"走资派",因此他时时事事处处小心谨慎,不得罪任何人。他为人很厚道,在大宿舍里是个弱者,常常无缘无故受到别人的捉弄和揶揄。当时我无形中养成了同情一切弱者的性格,以专爱打抱不平的"拼命三郎"自居。他把我看成"保护人",我把他视为能够推心置腹的唯一可信赖的伙伴。人活在世上,如果没有一个可以信赖的人,生活可就太没意思了。经验告诉我，信赖弱者比信赖强者可靠。

我问他："团里怎么会知道我这样一个人呢？"

他想了想，很肯定地回答："准是潘参谋长向宣传股推荐的。"

"潘丽华？"

他点了点头。

"你怎么能这样肯定？"

"她跟我说起过你。她说你很有才华，能写一手好文章，可是……"

"可是什么？"

"可是……她说，可是你后来有点对政治斗争厌倦了……"

"她怎么会对你说起我呢？看来你们的关系还挺不一般呢！"我对他的信任不禁动摇起来，口气中流露出毫不掩饰的嘲讽来。

"不！不！……"他连声分辩，脸红了，讷讷地说，"我和潘参谋长只是一般的同志关系。连同志关系也说不上！市委夺权的那次武斗中，她被红二司的几个人追得沿着马路逃，逃到我家去了，是我把她藏在我家里才……要不她那次说不定就没命了……"

"原来是这么回事。"

"对，就是这么回事！你可千万别误会！不过，说实在的，她对我挺关心的。她说，像我这样的人，一定要以实际行动得到党的信任，今后政治上才会有出路。"

我很同情地望着这个"走资派"的儿子，同时打定了主意，不到团里去当什么宣传干事。我才不需要那个潘丽华来提拔我呢！

没想到，那次交谈，竟是我和王文君的最后一次交谈。

几天之后，公比拉河由于山洪暴发，变成了一条汹涌湍急的大河。河水淹了坐落在河边的马厩。人们听到紧急的钟声，半夜三更爬起来，都奔到河边去抢救草料、马匹、驭具。一捆麻袋被卷到河心，冲出老远。王文君要跳到河里去捞，好多人都制止。河水已涨到两米多深，流速很急，从山上卷来许多断树石块，实在有些冒险。

他生起气来，说："那就眼睁睁地瞅着国家财产受损失吗？我们天天讲'宁为公字前进一步死，不为私字后退半步生'，现在就是考验的关头，难道就当口头革命派吗？"

我紧紧拉住他不放，提醒："可你的水性并不好哇！"

"现在要检验的不是哪个人的水性！是革命性！"说罢，他挣脱我的手，穿着棉袄扑通跳下河去。他刚游到麻袋旁，就开始下沉了。岸上的人纷纷跳下河去救他，他却转眼被河水吞没了，冲走了，在北大荒那个冰雪未消的四月的深夜里。记得那天夜里的月光非常清冷。第四天，才在公比拉河下游十几里远的地方找到他的尸体，紧紧地搂抱着那十来条一捆的麻袋。我亲眼看到，人们为把那捆麻袋和他的尸体分开，竟不得不掰断了他的三根手指……

连长十分难过，说："我有罪！我有罪！马厩当初不该修在河边……"

从不发火的葛排长大发雷霆："你们岸上的人都是呆子痴子吗？为什么不制止他？为了一捆麻袋，就是一捆麻袋……叫我们怎么向他的父母交代？……"排长说着说着，放声大哭。

连队开了很隆重很庄严的追悼会。

团党委授予王文君"可以教育好的子女"的称号。

团宣传股的报道员闻讯前来采访。

《兵团战士报》登载了他的英勇事迹。

然而他毕竟才十九岁就死了。在我敬佩他的同时，内心深处却为他产生一种惋惜，一种不能明言的悲哀，一种恨。我恨潘丽华，认为王文君的死，她应负有不能推卸的责任。应《兵团战士报》的要求，我写了一篇悼念王文君的文章，其中融进了我种种感情和思想。

我觉得，王文君那天明明知道自己会死却还是要往河里跳。因为他不止一次对我说过这样的话："我做的任何一件好事都被说成是伪装积极，骗取信任，别有用心！看来我只有哪一天用一死来表明这一点了！"想起他说的这句话，我的心头不禁滚过一阵战栗！愿这个"走资派"的儿子灵魂安息！如今，我更加怀念我诚实厚道的朋友！我永远哀悼这可怜的十年动乱之中的弱者！我给杨昉看了这篇文章。杨昉要我把那篇文章收藏起来，别寄出去。

他说："你无非想讲几句真话，我理解你。你知道高尔基为什么叫高尔基吗？这个笔名是'痛苦'的意思。高尔基——马克西姆，人，不能讲真话是最大的痛苦。痛苦就暂且痛苦一个时期吧！痛苦会促使你思考，思考会促使你成熟。"

我没有听从他的劝告……

四

几天之后，我被连长叫到连部。"你写了一篇什么文章？"连长劈头便问。"是的。"我承认了。"你他妈的龟儿子！"连长破口大骂，"你奶毛干了没有？拔几根给我看看！别人都是毛毛虫，就你他妈的有思想是不是？！明天，不，今天你立刻就给我回城探家去！没有路费到会计那借！三个月之内不许你回连队！"

连长如此发火，我料到那篇文章准定惹下了什么大祸。我去找杨昉，向他吐露了自己的不安。"你为什么不听我的劝告？！你还想躲回城市去？！你躲得过去吗？！事到临头你才找我！找我有什么用？！"他发的火一点也不比连长小，只不过没有像连长那样张口骂娘。一人做事一人当！我没有躲回城里去。

想不到我那篇不到三千字的文章，居然惊动了从兵团到省里的许多大人物。大人物们一一做了批示：思想斗争的新动向。思想斗争当然属于阶级斗争的一方面。上面很快就派来了"钦差大臣"，亲临阶级斗争火线。我们连队停产了。团员、党员、干部、战士、积极分子，各种人物分别组成的学习班，动员、启发、引导，讨论了整整两天，为一次大批判开路。批判会那天，我当真被吆喝到前面去当"活靶子"的时候，心里反倒很坦然起来。

"借题发挥，否定知识青年灵魂深处爆发革命的必要性""宣扬资产阶级活命哲学""公然和'斗私批修'的伟大指示唱反调"……

一顶顶帽子压在我头上。我知道那全是些言不由衷的批判。

"宁为公字前进一步死,不为私字后退半步生",这句口号从始至终,阵阵呼喊,加强了批判会的声威。批判会结束后,"钦差大臣"们当场宣布,要在全兵团七个师、一百二十多个团、三千多个连队内,对我进行巡回批判。此决定刚宣布完,杨昉站起来了。"我声明,"他镇定地说,"那篇文章不是他写的,是我写的。这个年轻人看过我写的那篇文章,在发表欲的驱使下,剽窃了我的文章。与其把那些罪名加在他头上,对他进行巡回批判,莫如针对我。"

想不到他会这样做!我愕然了!怔怔地望着他。所有的人都愕然了,所有人的目光都投射在他身上。"你、你、你有原稿吗?""钦差大臣"们疑惑地追问。"原稿我已销毁。"他依然那么镇定,接着,他把我写的那篇文章从头到尾几乎一字不差地背述了一遍,以此证明他是那篇文章的真正执笔者。我怎么能想到他会具有这种过目不忘的惊人记忆力呢!那几位"钦差大臣",虽然对此半信半疑,但却对他比对我更感兴趣。

把一篇"反动文章"和一个"反动编辑"联系在一块儿,岂不是"狠抓阶级斗争"的伟大成果吗?何况他不打自招!"钦差大臣"们是多么振奋和鼓舞哇!无论我怎样解释、争辩、吵闹,都半点用处也没有。第二天,杨昉被带走了,代替我去接受三千多个连队的巡回批斗。排长亲自抱了几卷厚厚的草苫子,铺在马车上。他一眼也不看杨昉,却对那几个押解者说:"怕你们冻坏了呀!"

连长远远地站在大宿舍门前,望着杨昉坐上了马车,慢慢脱下自己的大衣，朝我招招手。我走过去，连长把大衣塞到我怀里，似乎想说什么，却什么也没说出来，只是朝马车翘了翘下巴，一转身走进大宿舍去了……

我捧着大衣走到马车跟前，望着杨昉，说不出话来。我把大衣一塞给他，眼泪便刷地涌了出来。"别难过嘛！"他微笑着说，"你还记得那只傻狍子吗？那只很有灵性的傻狍子……"他就这样离开了我们那个小小的"夹皮沟"。临行，将一把钥匙交给了我，嘱咐我替他保管好他唯一的财产——一只旧木箱。一万次的悔恨加上十万倍的痛苦也不能抵消我在这件事上的罪过。悔恨和痛苦至今仍像老鼠一样啃咬着我的心！那时我才理解，他为什么对我讲到高尔基——"痛苦"的笔名。我打开他那只木箱的时候，惊呆了。在几件破衣服下面，放着满满一箱子信，至少有几百封。我从最上面一封没有封口的信中抽出信纸，看过之后才明白，根本不是信，是一部长篇小说手稿中的几页……我恍然大悟，原来他白天把一部长篇小说的初稿中的几页背下来，夜晚再装成写信的样子经过文字润色后工工整整地凭记忆抄下来！谁能想到？！

春播之后，二十二岁的参谋长潘丽华到我们连队"蹲点"来了。她比以前消瘦多了，脸色也苍白了，好像刚刚害过一场大病的样子。一见到她，我就想到了王文君的死。想到这一点，我就产生了一种想对她实行报复的念头。我甚至把杨昉这笔账都很不公正地算到她头上了。一天，我借口找她有话单独谈，把她骗到了连队后面的山上。

"你要跟我说什么话？为什么一定要在这里跟我说？"她疑惑

地问。

我从草棵间找出一把事先放在那里的铁锹,朝她手中一递:"挖!"她迟疑地接过铁锹,又问:"挖什么?"我冷冷地回答:"挖坟!""挖坟?给谁挖坟?……""给你自己!"她惊愕地瞪大了眼睛:"你……""我今天要你死在这里!"我胸中积压已久的怒火喷发而出,"我要你给王文君抵命!是你害死了他!他听信了你的话!受了你的骗!没有王文君的死也就没有杨昉的事!为了他们,我要你死!……"

她呆住了。铁锹倒在地上。她慢慢地双膝跪倒,忽然捂住脸,哭了。

"是我的罪过吗?我真心实意为他好的呀!他和我是邻居,是同学,从小学到中学,都是一个课桌。他对我比哥哥对妹妹还好。我,我是爱他的呀!……"她呜咽地说。

她这番话使我呆住了。

她忽然不哭了,站起来,说:"你走吧!既然你把我看成这么坏的人,别人也一定不会把我当好人看。那就让我死吧!不过你千万别对任何人说今天发生的事!要不我死后也会连累你!你走吧!我死就是!……"她拿起铁锹,真的替自己挖起坟来。

我忽然可怜起这个二十二岁的小姑娘来。我原本只想吓一吓她。

我谴责自己的报复太过分了。我默默从她手中夺下铁锹,抛出了很远。我们无言地对视着,禁不住同时放声大哭起来……杨昉回到连队了,是他的尸体。我、连长和排长,亲自将他埋葬了。不知他是如何熬过那一次次的批判的。连长亲自找了个老石匠,为他刻了一块碑,碑上刻着"北大荒人之墓"。除了这几个字,还能怎样刻他的碑文呢?……毫无香味的达子香,那只很有灵性的傻狍子,一位老编辑……植物、动物、人……常常使我产生奇怪的联想和某种思索。

如今,那部以信的方式修改并保存下来的书已出版了,扉页上烫金印的是别人的名字。只是在最后一页,书尾,印着六个小字:责任编辑杨昉。杨昉的名字,印在黑框之中。

虽然,我已经离开北大荒多年了,但无论何时何地,一眼看到了一种什么花,哪怕是最普通最常见的,比如路旁的一朵小小的无名的野花,哪家小院里栽种的扫帚梅、月季,或者窗台上摆的一盆玻璃翠、瓜叶菊什么的,心中都会蓦然有所牵动,想到生长在北大荒的达子香花。

我至今仍不晓得毫无香味的达子香花何以也沾带了个"香"字,倒是常常不无忧郁地想到杨昉当年放生的那只傻狍子。也许它又被什么人捕捉到了吧?还会有人放掉它吗?……

感　激

有一种情愫叫作感激。

有一句话是"谢谢"。

在年头临近年尾将终的日子里,最是人忙于做事的时候。仿佛有些事不加紧做完,便是一年的遗憾似的。

而在如此这般的日子里,我却往往心思难定,什么事也做不下去。什么事也做不下去我就索性什么事也不做。唯有一件事是不由自主的,那就是回忆。朋友们都说这可不好,这就是怀旧呀,怀旧更是老年人的心态呀!

我却总觉得自己的回忆与怀旧是不太一样的。总觉得自己的回忆中有某种重要的东西。它们影响着我的人生,决定着我的人生的方方面面是现在的形状,而不是另外的形状。

有一天我忽然明白了,我之所以频频回忆实在是因为我内心里渐渐充满了感激。这感激是人间的温情从前播在一个少年心田的种子。我由少年而青年而中年,那些种子就悄悄地如春草般在我心田上生长……

　　我感激父母给我以生命。在我将孝而未来得及更周到地尽孝的年龄，他们先后故去，在我内心里造成很大的两片空白。这是任什么别的事物都无法填补的空白。这使我那么忧伤。

　　我感激我少年记忆中的陈大娘。她常使我觉得自己的少年曾有两位母亲。在我们那个大院里我们两家住在最里边，是隔壁邻居。她年轻时就守寡，靠卖冰棍拉扯两个女儿一个儿子长大成人。童年的我甚至没有陈大娘家和我家是两户人家的意识区别。经常的，我闯入她家进门便说："大娘，我妈不在家，家里也没吃的，快，我还要去上学呢！"

　　于是大娘一声不响放下手里的活，掀开锅盖说："喏，就有俩窝窝头，你吃一个，给正子留一个。"——正子是他的儿子，比我大四五岁。饭量也比我大得多。那正是饥饿的年代。而我却每每吃得心安理得。

　　后来我们那个大院被动迁，我们两家分开了。那时我已是中学生，下午班。每提前上学，去大娘家。大娘一看我脸色，便主动说："又跟你妈赌气了是不是？准没在家吃饭！稍等会儿，我给你弄口吃的。"

　　仍是饥饿的年代。

　　我照例吃得心安理得。

　　少不更事，从不曾对大娘说过一个谢字。甚至，心中也从未生出过感激。

有次，在路口看见卖冰棍的陈大娘受恶青年的欺负，我像一条凶猛的狼狗似的扑上去和他们打，咬他们的手。我心中当时愤怒到极点，仿佛看见自己的母亲受到欺辱……

那便算是感激的另一种方式，也仅那么一次。

我下乡后再未见到过陈大娘。

我落户北京后她已去世。

我写过一篇小说是《长相忆》——可我多愿我表达感激的方式不是小说，不是曾为她和力不能抵的恶青年们打架，而是执手当面地告诉她——大娘……

由陈大娘于是自然而然地忆起淑琴姐。她是大娘的二女儿，是我们那条街上顶漂亮的大姑娘，起码在我眼里是这样。我没姐姐，视她为姐姐。她关爱我，也像关爱一个弟弟。甚至，她谈恋爱，去公园幽会，最初几次也带上我，充当她的小伴郎。淑琴姐之于我的人生的意义，在于使我对于女性从小培养起了自认为良好的心理。我一向怀疑"男人越坏，女人越爱"这种男人的逻辑真的有什么道理。淑琴姐每对少年的我说："不许学那些专爱在大姑娘面前说下流话的坏小子啊！你要变那样，我就不喜欢你了！"——男人对女人的终生的态度，据我想来，取决于他有没有幸运在少年时代就获得到种种非血缘甚至也非亲缘的女人那一种长姐般的有益于感情质地形成的呵护和关爱，以及从她们那儿获得怎样的潜移默化的教育。我这个希望自己有姐姐而并没有的少年，从陈大娘的漂亮的二女儿那儿幸运地都获得到过。似姐非姐的淑琴姐当年使我明白——男人对于女人，有时仅仅心怀爱意是不够的，而加入几分敬意是必要的。淑琴姐令我对女性的情感和心理从小是比较自然的，也几乎是完全自由的。这不仅是幸运，何尝不是幸福？

细细想来，我怎能不感激淑琴姐？

她使当年是少年的我对于女性情感呵护和关爱的需要，体会到温馨、饱满又健康的获得。

一九六二年我的家加入了另一个区另一条街上的另一个大院，一个在一九五八年由女工们草草建成的大院。房屋的质量极其简陋。九户人家中七户是新邻居。

那是那一条街上邻里关系非常和睦的大院。

这一点不唯是少年的我的又一种幸运，也是我家的又一种幸运。邻里关系的和睦，即或在后来的"文革"时期，也丝毫不曾受外界骚乱的滋扰和破坏。我的家受众邻居们帮助多多，尤其在我的哥哥精神分裂以后，倘我的家不是处在那一种和睦的互帮互助的邻里关系中，日子就不堪设想了。

我永远感激我家当年的众邻居们！

后来，我下乡了。

我感激我的同班同学杨志松。他现在是《大众健康》的主编。在班里他不是和我关系最好的同学，只不过是关系比较好的同学。我们是全班下乡的第一批，而且这第一批只我二人。我没带褥子，与他合铺一条褥子半年之久。亲密的关系是在北大荒建立的。有他和我在一个连队，使我有了最能过心最可信赖的知青伙伴。当人明白自己有一个在任何情况之下都绝不会出卖自己的朋友的时候，他便会觉得自己有了一份特殊的财富。实际上他年龄比我小几个月，我那时是班长。我不习惯更不喜欢管理别人，小小的权力和职责反而使我变得似乎软弱可欺，因为我必须学会容忍制怒。故每当我受到挑衅，他便往往会挺身上前，厉喝一句是——"干什么？想打架么？！"

我也感激我另外的三名同班同学王嵩山、王志刚、张云河。他们是"文革"中的"散兵游勇"，半点儿也不关心当年的"国家大事"。下乡前我为全班同学做政治鉴定，我力陈他们其实都是政治上多么"关心国家大事"的同学，唯恐一句半句不利于肯定他们"政治表现"的评语影响他们今后的人生。为此我和原则性极强的年轻的军宣队班长争执得面红耳赤。他们下乡时本可选择去离哈尔滨近些的师团，但他们专执一念，愿望只有一个——我和杨志松在哪儿，他们去哪。结果被卡车在深夜载到了兵团最偏远的山沟里，见了我和杨志松的面，还都欢天喜地得忘乎所以。

他们的到来，使我在知青的大群体中，拥有了感情的保险箱，而且，是绝对保险的。在我们之间，友情高于一切。时常，我脚上穿的是杨志松的鞋；头上戴的是王嵩山的帽子；棉袄可能是王玉刚的；而裤子，真的，我曾将张云河的一条新棉裤和一条新单裤都穿成旧的了。当年我知道，在某些知青眼里，我也许是个喜欢占便宜的家伙。但我的好同学们明白，我根本不是那样的人。他们格外体恤我舍不得花钱买衣服的真正原因——为了治好哥哥的病，我每月尽量往家里多寄点儿钱……

后来杨志松调到团部去了。分别那一天他郑重嘱咐另外三名同学："多提醒晓声，不许他写日记，开会你们坐一块儿，限制他发言的冲动。"

再后来王嵩山和王玉刚调到别的师去了。张云河调到别的连当卫生员去了。

一年后杨志松上大学去了……

我陷入了空前的孤独……

此时我有三个可以过心的朋友——一个叫吴志忠，是二班长；一个叫李鸿元，是司务长；还有一个叫王振东，是木匠。都是哈尔滨知青。

他们对我的友情，及时填补了由于同班同学先后离开我而对我的情感世界造成的严重塌方……

对于我，仅仅有友情是不够的。我是那类非常渴望思想交流的知青。思想交流在当年是很冒险的事，我要感激我们连队的某些高中知青。和他们的思想交流使我明白——我头脑中对当年现实的某些质疑，并不证明我思想反动，或疯了。如果他们中仅仅有一人出卖了我，我的人生将肯定是另外的样子。然而我不曾被出卖过。这是很特殊的一种人际关系。因为我与他们，并不像与我的四名同班同学一样，彼此有着极深的感情作为关系的前提和基础。在我，近乎人性的分裂——感情给我的同班同学，思想却大胆地仅向高中知青们坦言。他们起初都有些吃惊，也很谨慎。但是渐渐的，都不对我设防了。"九·一三"事件以后，我和他们交流过许多对国家，当然也是对我们自身命运的看法。

真的，我很感激他们——他们使我在思想上不陷于封闭的苦闷……

我还感激我的另外两名好同学——一个叫刘树起，一个叫徐彦。刘树起在我下乡后去了黑龙江省的饶河县插队；徐彦因母亲去世，妹妹有病，受照顾留城。一般而言，再好的中学同学，一旦天南地北，城里农村，感情也就渐渐淡了。即或夫妻，两地分居久了，还会发生感情变异呢！

但我和他们二人之间的感情，却相当不可思议地，因了分离而感情越深。凡三十余年间，仿佛在感情上根本就不曾被分开过。故我每每形容，这是我人生的一份永不贬值的"不动产"。

我感激我们连队小学校的魏老师夫妻。魏老师是一九六六年转业北大荒的老战士，吉林人。他妻子也是吉林人。当年他们夫妻待我如兄嫂，说对我关怀备至丝毫也不夸大其词。离开北大荒后我再未见到过他们。魏老师九五年已经病故，我每年春节与嫂子通长途问安……

一九七二年我调到了团部。

我感激宣传股的股长王喜楼。他是现役军人，十年前病故。他使宣传股像一个家，使我们一些知青报导员和干事如兄弟姐妹。在宣传股的一年半对我而言几乎每天都是愉快的。如果不是每每忧虑家事，简直可以说很幸福。宣传股的姑娘们个个都是品貌俱佳的好姑娘,对我也格外友好。友好中包含着几分真挚的友爱。不知为什么,股里的同志都拿我当大孩子。仿佛我年龄最小,仿佛我感情最脆弱,仿佛我最需要时时予以安慰。这可能由于我天性里的忧伤;还可能由于我在个人生活方面一向瞎凑合。实事求是地说,我受到几位姑娘更多的友爱。友爱不是爱,友爱是亲情之一种。当年,那亲情营养过我的心灵,教会我怎样善待他人……

我感激当年兵团宣传部的崔干事。他培养我成为兵团的文学创作员。他对于改变我的人生轨迹起重要的作用,他就是我的小说《又是中秋》中的"老隋"。

他现因经济案被关押在哈尔滨市的监狱中。

虽然他是犯人,我是作家——但我对他的感激此生难忘。如果他的案件所涉及的仅是几万,或十几万,我一定替他还上。但据说二三百万,也许还要多,超出了我的能力。每忆起他,心为之怆然。

我感激木材加工厂的知青们——当我被惩处性地"精简"到那里,他们以友爱容纳了我,在劳动中尽可能地照顾我。仅半年内,就推荐我上大学。一年后,第二次推荐我。而且,两次推荐,选票居前。对于从团机关被"精简"到一个几乎陌生的知青群体的知青,这一般情况下是根本没指望的。若非他们对我如此关照,我后来上大学就没了前提。那时我已患了肝炎,自己不知道,只觉身体虚弱,但仍每天坚持在劳动最辛苦的出料流水线上。若非上大学及时解脱了我,我的身体某一天肯定会被超体能的强劳动压垮……

我感激复旦大学的陈老师。这位生物系抑或物理系的老师的名字我至今不知。实际上我只见过他两面。第一次在团招待所他住的房间，我们之间进行了一个多小时的谈话，算是"面试"。第二次在复旦大学。我一入学就住进了复旦医务室的临时肝炎病房。我站在二楼平台上，他站在楼下，仰脸安慰我……

任何一位招生老师，当年都有最简单干脆的原则和理由，取消一名公然嘲笑当年文艺现状知青入学的资格。陈老师没那么做。正因为他没那么做，我才有幸终于成了复旦大学的"工农兵学员"——而这个机会，对我的人生，对我的人生和文学的关系，几乎是决定性的。

如果说，我的母亲用讲故事的古老方式无意中影响了我对故事的爱好，那么——崔长勇，木材加工厂的知青们，复旦大学的陈老师，这三方面的综合因素，将我直接送到了与文学最近的人生路口。他们都是那么理解我爱文学的心，他们都是那么无私地成全我。如果说，在所谓人生的紧要处其实只有几步路这句话是正确的，那么他们是推我跨过那几步路的恩人。

我感激当年复旦大学创作专业的全体老师。一九七四年至七七年，是中国政治风云变幻莫测的三年。我在这样的三年里读大学，自然会觉压抑。但于今回想，创作专业的任何一位老师其实都是爱护我的。翁世荣老师、秦耕老师、袁越老师又简直可以说对我关怀备至。教导员徐天德老师在具体一两件事上对我曾有误解。但误解一经澄清，他对我们一如既往地友爱诚恳。这也是很令我感激的……

我感激我的大学同学杜静安、刘金鸣、周进祥。因为思想上的压抑,因为在某些事上受了点儿冤屈,我竟产生过打起行李一走了之的念头。他们当年都曾那么善意又那么耐心地劝慰过我。所谓"良言令人三月暖"。他们对我的友爱,当年确实使我倍感温暖。我和小周,又同时是入党的培养对象。而且,据说二取一。这样的两个人,往往容易离心离德,终成对头。但幸亏他是那么明事明理的人,从未视我为妨碍他重要利益的人。记得有一天傍晚。我们相约了在校园外散步,走了很久,谈了很多。从父母谈到兄弟姐妹谈到我们自己。最后我们达成了这样的共识——我们天南地北走到一起,实在是一种人生的缘分。我们都要珍惜这缘分。至于其他,那非是我们自己探臂以求的,我们才不在乎!从那以后到毕业,我们对入党之事超之度外,彼此真诚,友情倍深……

我感激北影。我在北影的十年,北影文学部对我任职于电影厂而埋头于文学创作,一向理解和支持,从未有过异议。

我感激北影十九号楼的众邻居。那是一幢走廊肮脏的筒子楼。我在那楼里只有十四平米的一间背阴住房,但邻居们的关系和睦又热闹,给我留下许多温馨的记忆……

我也感激童影。童影分配给了我宽敞的住房,这使我总觉为它做的工作太少太少……

我感激王姨——她是母亲的干姊妹。在我家生活最艰难的时日,她以女人对女人的同情和善良,给予过母亲许多世间温情,也给予过我家许多帮助……

我感激北影卫生所的张姐——在父亲患癌症的半年里，她次次亲自到我家为父亲打针，并细心嘱我怎样照料父亲……

我感激北影工会的鲍婶，老放映员金师傅，文学部的老主任高振河——父亲逝世后，我已调至童影，但他们却仍为父亲的丧事操了许多心……

我甚至要感激我所住的四号楼的几位老阿姨们。母亲在北京时，她们和母亲之间建立了很深的感情，给了母亲许多愉快的时光……

我还要感激我母亲的干儿女单雁文、迟淑珍、王辰锋、小李、秉坤等等。他们带给母亲的愉快，细细想来，只怕比我带给母亲的还多……

我还要感激我哥哥的初中班主任王鸣歧老师。她对哥哥像母亲对儿子一样。哥哥患精神病后，其母爱般的老师感情依然，凡三十余年间不变。每与人谈及我的哥哥，必大动容。王老师已于去年病逝……

我还要感激我的班主任孙茌珍老师，以及她的丈夫赵老师——当年她是我们的老师时才二十二三岁。她对我曾有所厚望。但哥哥生病后，我开始厌学，总想为家庭早日工作。这使她一度对我特别失望。然恰恰是在"文革"中。她开始认识到我是她最有独立思想的学生，因而我又成了她最为关心的几个学生之一……

我还要感激我哥哥的高中同学杨文超大哥。他现在是哈尔滨一所大学的教授。我给弟弟的一封信，家乡的报转载了。文超大哥看后说——"这肯定无疑是我最好的高中同学的弟弟！"于是主动四处探问我三弟的住址，亲自登门，为我三弟解决了工作问题——事实上，杨文超、张万林、滕宾生，加上我的哥哥，当年也确是最要好的四同学。曾使他们的学校和老师引以为荣。同学情深若此，不枉同学二字矣！

我甚至还要感激我家当年社区所属派出所的两名年轻警员——一姓龚，一姓童。说不清究竟由于什么原因，他们做片警时，一直对母亲操劳支撑的一个破家，给予着温暖的关怀……

还有许许多多许许多多我应该感激的人，真是不能细想，越忆越多。比如哈尔滨市委前宣传部部长陈风珲，比如已故东北作家林予，都既不但有恩德于我，也有恩德于我的家。

在一九九八年底，我回头向自己的人生望过去，不禁讶然，继而肃然，继而内心里充满一大片感动！——怎么，原来在我的人生中，竟有那么多那么多善良的好人帮助过我，关怀过我，给予过我持久的或终生难忘的世间友爱和温情么？

我此前怎么竟没意识到？

这一点怎么能被我漠视？

没有那些好人，我将是谁？我的人生将会怎样？我的家当年又会怎样？我这个人的一生，却实际上是被众多的好人，是被种种的世间温情簇拥着走到今天的啊！我凭什么获得着如此大幸运而长久以来麻木地似乎浑然不觉呢？亏我今天还能顿悟到这一点！这顿悟使我心田生长一派感激的茵绿草地！生活，我感激你赐我如此这般的人生大幸运！我向我人生中的一切好人深鞠躬！让我借歌中唱的一句话，在一九九八年底祝好人一生平安！我想——心有感激，心有感动，多好！因为这样一来，人生中的另外一面，比如嫌恶、憎怨、敌意、细碎介梗，就显得非常小器、浅薄和庸人自扰了……再祝好人一生平安！

12 月 23 日于京